Was will die Liebe? In zwei Romanen erzählt Eric-Emmanuel Schmitt von den Widersprüchen eines großen Gefühls: mal himmelhochjauchzend, mal zu Tode betrübt. Ist die Liebe vielleicht nur ein Botenstoff, der unsere Gefühlschemie durcheinanderbringt, uns zu Höhenflügen anstachelt oder niederschmettert, je nachdem?

Einst waren Adam und Louise ein glückliches Paar. Inzwischen leben sie tausende Kilometer voneinander entfernt. Er in Paris, sie in Montreal. Und während Adam aus der alten Liebe eine neue wunderbare Freundschaft machen möchte, hat Louise, die romantisch Liebende, ganz andere Absichten. ›Der Liebestrank‹ erzählt von alten Blessuren und neuen Abenteuern, die beide sich in ihren E-Mails mitteilen, und von einer Wette, die gefährlich und reizvoll ist: Ist es möglich, einen anderen Menschen in sich verliebt zu machen? Als Lily, eine junge, attraktive Kollegin von Louise, nach Paris geht und Adam kennenlernt, wird sie zum Köder in einem maliziösen Spiel, das Louise absichtsvoll vorantreibt.

In ›Das Liebesgift‹ haben sich vier junge Mädchen ewige Freundschaft geschworen. In ihren Tagebüchern notieren sie intime Wünsche, Sehnsüchte, erste Niederlagen und Eroberungen. Sie schicken einander SMS, in denen sie sich miteinander austauschen. Wie kann man den Gefühlsdramen entkommen, die die eigenen Eltern Tag für Tag vorführen? Dabei sind sie selbst auf dem besten Weg, ein Drama zu inszenieren, in dem Eifersucht und Täuschung eine unheilvolle Allianz eingehen. Bei einer Schulaufführung von ›Romeo und Julia‹ kommt es zu einer nicht vorhersehbaren Katastrophe.

Eric-Emmanuel Schmitt, geboren 1960 in Sainte-Foy-lès-Lyons, studierte Klavier in Lyon und Philosophie in Paris. Anfang der 90er Jahre begann er als Autor für Theater, Film und Fernsehen zu arbeiten. Er lebt heute in Brüssel. Mit seinen kleinen Erzählungen über die großen Religionen der Welt wurde er international berühmt und gehört zu den erfolgreichsten Gegenwartsautoren in Frankreich. Seine Werke wurden in 40 Sprachen übersetzt und haben sich mehr als zehn Millionen Mal verkauft. Mit einem eigenen Theater in Paris, das er 2012 erwarb, erfüllte sich Eric-Emmanuel Schmitt einen langersehnten Traum. Zuletzt erschien in deutscher Übersetzung: ›Die Liebenden vom Place d'Arezzo‹, Frankfurt am Main 2015.

Marlene Frucht, geboren 1980, übersetzt seit 2008 aus dem Französischen und Englischen. 2009 erhielt sie das Bode-Stipendium des Deutschen Übersetzerfonds. Zu ihren Autoren gehören Assia Djebar, Leila Marouane, Baptiste Beaulieu und Eric-Emmanuel Schmitt.

Weitere Informationen finden Sie auf www.fischerverlage.de

Eric-Emmanuel Schmitt

WAS LIEBE WILL

Zwei Romane über ein
widersprüchliches Gefühl

Aus dem Französischen
von Marlene Frucht

FISCHER Taschenbuch

MIX
Papier aus verantwortungsvollen Quellen
FSC® C083411
www.fsc.org

Erschienen bei FISCHER Taschenbuch
Frankfurt am Main, November 2016

Die französische Originalausgabe erschien in zwei Bänden:
›L'élixir d'amour‹, Éditions Albin Michel, 2014
›Le poison d'amour‹, Éditions Albin Michel, 2014

Zitatnachweis: William Shakespeare, ›Romeo und Julia‹,
Deutsch von Frank Günther, ars vivendi verlag GmbH & Co. KG
2000, Cadolzburg

Gesamtherstellung: CPI books GmbH, Leck
Printed in Germany
ISBN 978-3-596-03678-3

DAS LIEBESGIFT

»Liebe, gib Kraft! Denn Kraft wird Hilfe sein.«

SHAKESPEARE, *Romeo und Julia*

Julias Tagebuch

Ich ziehe mich um und schminke mich, ich bin das allerglücklichste Mädchen, weil ich mich gleich mit meiner Clique treffe, ich ziehe mich noch mal um, besprühe mich mit Parfum, ziehe mich wieder um, und wieder, schminke mich erneut, gehe raus, laufe zurück in mein Zimmer, ziehe mich um, kämme mich, ziehe mich noch mal um und noch mal und breche in Tränen aus: zu hässlich, ich bleibe zu Hause! Niemand hat jemals so sehr gelitten wie ich …

Tränenüberströmt blicke ich auf mein Telefon, um zu sehen, ob meine Freundinnen sich Sorgen machen. Nichts. Keine einzige Nachricht. Niemand vermisst mich.

Also beschließe ich, eine Schachtel Schlaftabletten zu schlucken. Im Zimmer meiner Mutter brauche ich keine fünf Sekunden, um sie zu finden – ich habe das Haus heute Abend ganz für mich allein, weil die ganze Familie bei Großmama zum Essen ist. In dem Moment, als ich den tödlichen Cocktail hinunterschlucken will, fällt mir wieder ein, was für eine schreckliche Woche ich letzten Winter im Krankenhaus verbracht habe, und ich lasse es bleiben. Mein früherer Selbstmordversuch bewahrt mich vor erneuten Selbstmordgedanken: Ich hatte solche Schmerzen damals.

Anstatt mich umzubringen, esse ich die Packung Maroneneis im Kühlschrank auf. Dann das Vanilleeis. Und dann das mit Erdbeergeschmack.

Um einundzwanzig Uhr vibriert mein Telefon, weil die Mädels anrufen und sich Sorgen machen. Sie haben mich nicht im Balmoral angetroffen, unserem Stammlokal, und da wird mir klar, dass dies die eigentlich verabredete Uhrzeit war, und nicht neunzehn Uhr, wie ich geglaubt habe.

Raphaëlle, Anouchka und Colombe haben mich nicht verraten, ich bin nicht mehr allein auf dieser Welt.

Allerdings kann ich mich jetzt in meinem Zustand nicht mehr sehen lassen, vor allem nicht nach den Ferien. Was für ein gelungener Abend! Mein Gesicht ist vor lauter Kummer ganz verquollen, und morgen werde ich eine fette Kuh sein.

Anouchkas Tagebuch

Heute Morgen habe ich die drei Stunden, in denen ich allein zu Hause war, genutzt, um mich im Schlafzimmer meiner Eltern einzuschließen und mich in dem einzigen großen Spiegel unserer Wohnung einmal von Kopf bis Fuß zu betrachten.

Obwohl es nicht kalt war, habe ich gefröstelt, als ich mich dort, wo ich sonst immer nur angezogen herumlaufe, ausgezogen habe.

Ich schwöre, dass ich es wirklich versucht habe, mich ohne Vorurteile anzuschauen! Aber ganz ehrlich, ich sehe nicht so aus, wie es mir lieb wäre …

Zuerst habe ich eine Fremde gesehen. Das krebsrote Mädchen mit den leichten X-Beinen, den zu langen Armen, den ungleichen Brüsten, die ihre mageren Finger vor ihre Scham hielt, um sie zu verbergen, hatte nichts zu tun mit Anouchka, der Anouchka, die ich bin, oder die ich zumindest einmal war, wie ich sie immer schon kenne.

Außerdem sah das Spiegelbild vor mir nicht aus wie eine erwachsene Person. Ich habe ja gar nichts dagegen, die Kindheit hinter mir zu lassen, aber nur, wenn aus mir dann auch eine Frau wird. Aber nicht so! Ich sehe aus wie irgendeine unfertige Zwischenform. Man wächst einfach in alle Richtungen, ohne Symmetrie und Harmonie, fängt an zu riechen, die Haut nimmt eine komische Farbe an, und man wird von parasitären Elementen besiedelt. Kurz: Ich sondere Haare, Pickel, Talg und Gerüche ab.

Das ist kein guter Start ins Leben. Mit einem solchen Körper könnte ich niemanden verführen, selbst wenn alles sich noch ein wenig zurechtrückt! Da hilft bloß noch das Sprichwort, wonach »jeder Topf irgendwann seinen Deckel findet«. Ja, eines Tages wird vielleicht irgendein bescheuerter Typ auftauchen, der mich annehmbar findet … Aber wird ausgerechnet dieser Idiot mir dann auch gefallen?

Die Konfrontation mit meinem Aussehen hat mich total fertiggemacht. Nachdem ich mich von vorne betrachtet hatte, habe ich noch alle möglichen anderen Blickwinkel ausprobiert – von hinten, von der Seite, von oben, von unten –, indem ich alle Spiegel aus der Wohnung zusammengetragen und überall dort aufgehängt habe, wo es möglich war. Ich habe mich noch krasser verrenkt als eine chinesische Kunstturnerin, und am Ende habe ich so getan, als ob ich mein Spiegelbild nur zufällig erblicke, während ich eilig an den vielen Spiegeln vorbeihusche.

Gestern hat mein Vater, stets zu Scherzen aufgelegt, die

Pubertät als die »Revolte des Körpers« bezeichnet. Sobald diese Haare überall auftauchen, gerät alles aus dem Gleichgewicht. Man erkennt sich nicht wieder, weder körperlich noch mental. Die Fragen prasseln auf einen ein. Wer bin ich? Warum lebe ich? Wo gehe ich hin? Wie wirke ich auf die anderen? Dad vertritt die Ansicht, dass es der wichtigste Umsturz in der Entwicklung des Menschen ist, der zwar jeden betrifft, über den aber kaum gesprochen wird. Er hat nicht unrecht, obwohl ich nicht weiß, was daran lustig sein soll.

Gut, das kleine braune Dreieck unterhalb des Bauches, meinetwegen, aber die Haare unter den Achseln, nein, überflüssig! Und dieser Flaum auf der Oberlippe, wo soll das noch hinführen?

Schlechtgelaunt habe ich das Chaos beseitigt, das ich im Zimmer meiner Eltern angerichtet hatte, und anschließend geduscht, weil ich durchgeschwitzt war wie ein Mozzarella. Beim Abtrocknen habe ich nach der Enthaarungscreme meiner Mutter gegriffen und mir was davon unter die Arme und unter die Nase geschmiert. Unter den Achseln hat es auch funktioniert. Dafür ist meine Oberlippe sofort dunkelrot geworden, doppelt so dick angeschwollen, und es juckt! Ich sehe aus wie eine Ente mit brennendem Schnabel.

Ich hatte gehofft, dass sie abschwillt, bevor meine Mutter und mein Bruder zurückkommen. Träum weiter! Als ich gehört habe, wie die Tür aufging, habe ich schnell das Licht in meinem Zimmer gedimmt und so getan, als ob ich mir einen Film ansehen würde, aber Mama konnte es natürlich nicht lassen, mich zu stören, und hat gleich gemerkt, was mit mir los war.

Ich habe behauptet, ich hätte Orangenviertel ausgelutscht, und dass meine Lippen auf die Schale reagiert hätten – ich weiß noch, dass mir das einmal passiert ist, als ich elf war.

Mama hat mich nur angeschaut und nichts gesagt. In letzter Zeit fällt mir öfter auf, dass ein betrübter, schwer zu deutender Ausdruck über ihr Gesicht huscht, wenn ich sie anlüge, um etwas, wofür ich mich schäme, vor ihr zu verbergen. Nimmt sie es mir nicht ab? Oder hält sie mich für verrückt?

Colombes Tagebuch

Jedes Mal, wenn ich mich verliebe, erwischt es mich kalt. Ein Junge kommt ins Balmoral, und ich fühle mich ins Herz getroffen. Mir wird heiß, ich glühe, bekomme wacklige Knie, ich bin das Opfer eines Attentats, wurde aus dem Hinterhalt angeschossen, Kollateralschaden. Ich hatte keinerlei Mitspracherecht! Manchmal sieht der Junge mich überhaupt nicht, er blickt woanders hin, geht lässig vorbei, streicht sich übers Haar, lächelt eine Kellnerin an oder ruft einem Kumpel am anderen Ende des Raumes etwas zu, und ich breche zusammen, spüre, wie ich Risse bekomme, stehe mitten im Kugelhagel.

Ich bin die Erschießungsmauer, eine Fassade in Damaskus, die Mauer von Ramallah.

Ich hasse die Liebe. Ich möchte mich dagegen zur Wehr setzen. Wenn Lieben bedeutet, dass man erträgt, sich selbst verliert, zum Sklaven wird, dann will ich nicht lieben.

Dann besser selber zuschlagen, provozieren.

Ich möchte Frieden, keinen Krieg. Aber wenn der Krieg sich als unvermeidlich herausstellt, werde ich ihn führen.

Die Männer werden mich nicht zu ihrer Beute machen, sondern ich sie zu meiner.

Raphaëlles Tagebuch

Jungs interessieren sich nicht für mich. Umso besser, denn ich interessiere mich auch nicht für sie.

Alles, was ich von ihnen will, ist, dass man mit ihnen Spaß hat, dass sie witzig und gut drauf sind und dass sie dafür sorgen, dass was los ist, wenn wir ausgehen und uns betrinken.

»Raphaëlle ist mein bester Kumpel!«, das höre ich ständig von ihnen …

»Raphaëlle ist einfach topp: Klassenbeste und das feierwütigste Mädchen von allen.« Sie wundern sich darüber … Es stimmt allerdings, dass am Lycée Marivaux die Jungs, die ständig die Nächte durchtanzen und rauchen und trinken, meistens auch die sind, die in der Schule nicht viel hinbekommen und denen ihr Schreibtisch vor allem dazu dient, ihren Kopf darauf abzulegen, um zu schlafen. Ach ja, viel kriegen die echt nicht auf die Reihe, diese Kerle …

»Mit Raphaëlle will jeder befreundet sein. Mit der kann man sich gar nicht nicht verstehen.« Das höre ich schon seit Jahren. Warum fühle ich mich dann so allein, wenn ich doch angeblich so beliebt bin?

Ich übertreibe! Ich habe das Glück, echte Freundinnen

zu haben, Julia, Anouchka und Colombe, andernfalls würden meine Gespräche mit meinesgleichen über den Austausch von rein schulischen Informationen nicht hinausgehen oder sich auf »Willst du was trinken?« und »Kommst du mit auf die Tanzfläche?« beschränken. Aber selbst in den Augen meiner Freundinnen bin ich ein seltsamer Vogel, weil ich in Übersetzen gut bin *und* mich gerne amüsiere. In meiner Familie ist das aber nichts Ungewöhnliches, dass man ins Café oder abends in den Club geht, ohne dass der Beruf darunter leidet.

Bin ich normal?

»Raphaëlle ist mein bester Kumpel!«

Oder stimmt mit mir was nicht?

»Raphaëlle ist mein bester Kumpel!« Wie oft ich das schon gehört habe …

Anouchkas Tagebuch

»Was ist eine beste Freundin?«, fragt mich Thibault.

»Für mir sind das Colombe, Julia und Raphaëlle.«

»Nein, du hast mich nicht verstanden: Was ist für dich eine beste Freundin? Was bedeutet das für dich?«

Manchmal macht mein Bruder mich sprachlos: Obwohl er erst zwölf ist, stellt er mir solche Lehrerfragen. Ziemlich verblüfft antworte ich:

»Meine beste Freundin, das bin ich, aber in einer besseren Version.«

»Danke.«

Er dreht sich um und geht zurück zu seiner Freundin,

Zoé, zwölf Jahre alt, mit der er zusammenklebt, seit sie aufs Collège gehen.

Nicht schlecht, meine Definition, oder? Ich sehe Raphaëlle, Julia und Colombe als meine Doppelgängerinnen an, meine idealen Doppelgängerinnen, ohne meine Fehler. Dafür liebe ich sie.

Und morgen sehen wir uns alle wieder!

Dad würde sagen: Ist das Leben etwa nicht schön?

Colombes Tagebuch

Was für ein toller Tag! Wir wollten noch einmal unsere Freiheit genießen, bevor die Schule wieder anfängt, und haben uns im Balmoral getroffen, Julia, Raphaëlle, Anouchka und ich, und als da keiner war – keiner von unseren Freunden, mit denen wir sonst immer rumhängen –, sind wir zur Pont des Arts gegangen.

Ich hatte im letzten Jahr schon mal vorgeschlagen, dass wir dort ein Schloss mit unseren Initialen anbringen, aber damals sind die anderen nicht darauf eingegangen; es wollte zwar keine laut sagen, aber jede von uns wollte sich dieses Projekt für den Zeitpunkt aufsparen, an dem sie mit einem Jungen zusammen ist. Kein Wunder, schließlich sind es meist Paare, die von der Brücke angezogen werden, sie ist ein Symbol für die Besiegelung der Gefühle! Aber wenn man sich auf diese Aussicht versteift, läuft man Gefahr zu verschimmeln … Auf dem Weg dorthin habe noch mal für unsere Sache geworben:

»Und was ist mit uns, Mädels? Wir haben das Glück, die

besten Freundinnen der Welt zu sein. Ist die Freundschaft nicht genauso wunderbar wie die Liebe? Genauso lebendig? Genauso langlebig?«

Raphaëlle hat noch einen draufgesetzt:

»Viel langlebiger als die Liebe, Colombe, wenn du meine Meinung hören willst! Meine Eltern haben sich kurz nach meiner Geburt getrennt, und mittlerweile habe ich schon eine ganz ansehnliche Sammlung von Stiefvätern und Stiefmüttern vorzuweisen.«

Wir haben ihr recht gegeben. Auch in meiner Familie lebt niemand mehr, weder mein Vater noch meine Mutter noch meine Onkels und Tanten, mit der Person unter einem Dach, mit der er oder sie Kinder in die Welt gesetzt hat. Das gleiche Spiel bei all unseren Freunden. Außerdem hat unser Sozialkundelehrer auf dem Collège, Monsieur Burgos, uns verkündet: Statistisch gesehen werden wir mehrere Berufe ausüben und in unserem Leben mehrere Paarbeziehungen haben. Willkommen in der modernen Welt! Mir ist das ganz recht, zum einen, weil ich keine Vorstellung davon habe, was für einen Beruf ich ergreifen, und zum anderen, weil ich keine Ahnung habe, welcher Junge mir gefallen könnte; also würde ich ganz gerne ein paar ausprobieren.

(Obwohl ich mich, während ich das schreibe, am liebsten ohrfeigen würde, weil ich Lucas nicht erwähne, meinen Lucas, nach dem ich verrückt bin, seit ich ihn das erste Mal gesehen habe, meinen Lucas, an den ich Tag und Nacht denke. Aber ganz ruhig, auch wenn ich überzeugt bin, dass Lucas der Mann meines Lebens ist, ist er immer noch mit dieser blöden Vanessa zusammen und geht nach Brüssel, um dort seinen Abschluss zu machen.)

Anouchka war auch unserer Meinung, was die Kurzlebigkeit von Schwärmereien angeht; ihre Eltern sind zwar noch zusammen, berühren sich aber nicht mehr und küssen sich nie, so dass sie und ihr Bruder sich ganz sicher sind, Retortenbabys zu sein. Julia hatte jedoch noch eine Frage:

»Dass die Liebe schnell wieder vorbei ist, dafür haben wir Beweise. Aber kennen wir Freundschaften, die schon sehr lange bestehen?«

Auf diese Frage hatten wir unzählige Antworten parat: Jeder von uns sind auf Anhieb mehrere Beispiele eingefallen, von Erwachsenen, die schon seit Jahrzehnten miteinander befreundet sind. Damit war der Prozess entschieden: Wir haben die Freundschaft freigesprochen und die Liebe wegen Untreue hinter Gitter gebracht! Dann haben wir festgestellt, dass die französische Sprache im Irrtum ist, weil sich in ihr *amour*, Liebe, auf *toujours*, immer, reimt, dass sie dafür aber richtig klingt, wenn sie *amitié*, Freundschaft, sich auf *éternité*, Ewigkeit, reimen lässt.

Von dieser Feststellung ermutigt, haben wir uns von einem Straßenverkäufer, der Angst hatte, von der Polizei erwischt zu werden, ein Schloss gekauft. Dann sind wir stolz und triumphierend auf das über und über mit Metall behängte Geländer geklettert, und es kam uns nun gar nicht mehr so altmodisch vor, dass wir als reine Mädchengruppe dort mitgemacht haben. Wir fühlten uns als Freundinnen jetzt so stark, dass die Paare uns auf einmal völlig verrückt vorkamen.

»Wie lange gehen die wohl schon miteinander ins Bett, der Japaner und die Japanerin?«, hat Raphaëlle mich gefragt und mich mit dem Ellenbogen angestoßen. Einen Monat? Ein Jahr? Und wie lange noch? Ach, was für ein Elend …

Julia hat, wie es für sie typisch ist, gleich mal wieder ein Shakespeare-Zitat vom Stapel gelassen, das zum Thema passte: »Wer lang vermählt lebt, der ist schlecht vermählt. Gut ist vermählt, wer jung vermählt gleich stirbt.« Wir mussten lachen, erstens, weil das Quatsch war, und zweitens, weil wir es ziemlich beachtlich finden, eine Freundin zu haben, die Shakespeare zitiert wie normale Jugendliche Songs vor sich hin summen. Das hat doch Klasse, oder etwa nicht?

Solange wir damit beschäftigt waren, unsere Initialen mit einem Taschenmesser in das Schloss zu ritzen, haben wir uns über die Liebespaare lustig gemacht, egal ob alt oder jung, weil wir sie für ungefestigt, instabil, unbeständig hielten. Aber dann ist ein italienisches Ehepaar aufgetaucht, bei dem uns plötzlich keine spöttischen Bemerkungen mehr eingefallen sind: Sie sah einfach zu bezaubernd aus in ihrem Spitzenkleidchen, und er hatte Ähnlichkeit mit einem Prinzen, und die beiden haben gestrahlt wie die Sonne, die das Wasser der Seine glitzern ließ.

Sie und wir waren die Einzigen, die das Recht hatten, unsere unerschütterlichen Gefühle zu besiegeln. Als wir uns dann auf die Bretter gekniet haben, um das Schloss einrasten zu lassen, haben wir uns gegenseitig feierlich versprochen, dass wir für immer die vier besten Freundinnen der Welt sein würden.

Einen Moment lang herrschte eine bedeutungsschwere, perfekte Stille, in die hinein Julia leise etwas sagte, das uns kalt erwischt hat:

»Ich hab's getan.«

Da wir nicht sofort verstanden haben, wovon sie redet, musste sie nochmal von vorne anfangen:

»Ich hab's diesen Sommer getan. Zum ersten Mal.«

Ein Trupp Jungs lief grölend an uns vorbei; sie rannten so schnell, dass die Balken der Brücke gezittert haben.

Wir waren wie gelähmt. Die Sonne wärmte unsere Gesichter. Die Iris unserer Augen leuchtete so hell wie nie zuvor. Niemand hat etwas gesagt, bis das Pfeifen eines Ausflugsschiffs die Stille unterbrach.

»Mit wem?«

»Terence.«

Der englische Vorname hat uns nicht weniger verwirrt als das, was passiert ist. Wir konnten uns weder das eine noch das andere vorstellen. Mit einem Jungen schlafen … und dann auch noch mit einem Terence … das kam uns gleich doppelt exotisch vor. Und doppelt erotisch. Sofort habe ich mir Terence als eine britische Version von Lucas vorgestellt, einen Lucas mit längerem Pony und Lederschuhen.

Als Julia gemerkt hat, wie aufgeregt wir waren, ist sie vom Hals bis zu den Ohren rot angelaufen. Da bin ich aus Sympathie auch gleich mit rot geworden.

»War's gut?«, flüsterte Anouchka.

Julia senkte die Lider. Dieser anmutige, schamhafte Wimpernschlag, der sich wie ein seidener Vorhang vor einer vertraulichen Szene schließt, hat mich total aus der Fassung gebracht: Natürlich war es gut, das sollte uns diese subtile Zurückhaltung sagen, natürlich war es wunderschön.

Danach wussten wir lange nicht, was wir sagen sollten.

Auf dem Rückweg hat Julia ihr verzücktes Schweigen

nur noch einmal unterbrochen, um wieder Shakespeare zu zitieren: »Schweigen ist Gold. Wenn ich sagen könnte, wie glücklich ich bin, wär's damit nicht weit her.«

Julia, meine Julia, meine so enge Freundin, deren Wangen immer noch ein bisschen pausbäckig sind, Julia, die manchmal wie ein Engelchen aussieht, wenn sie mit einem Stirnband in den braven, blonden Haaren auftaucht, Julia ist durch die geheime Tür gegangen, durch die man zur Frau wird.

Es hat mich umgehauen.

Ich muss mich daran gewöhnen, sie mit anderen Augen zu sehen.

Anouchkas Tagebuch

Ich bin ein Trampel, und jetzt habe ich den Beweis dafür.

Julia hat's getan. Jawohl. Und ich, ich habe noch nicht mal geküsst.

Was für ein Fiasko … Nicht genug, dass ich keine männlichen Freunde habe, bald werden auch die Mädchen nichts mehr mit mir zu tun haben wollen. Kein Wunder: Irgendwann werden sie merken, dass ich in mentaler Hinsicht eigentlich erst zwölf bin.

Nein, nicht mental, körperlich.

Oder beides vielleicht …

»Man soll Äpfel nicht mit Birnen vergleichen«, sagt Dad, mein armer Papa, immer zu mir, und meint damit, dass mit mir doch alles in Ordnung sei. Wie falsch er damit liegt! Mit mir stimmt was nicht. Kein Körper, kein Kopf, kein

Herz. Anstatt mich für Julia zu freuen, denke ich nur an mich, ich verkrieche mich und bade in meiner Scham. Ein Ozean aus Egoismus.

Anouchka findet Anouchka zum Kotzen.

Raphaëlles Tagebuch

Was ist los mit mir?

Heute Abend bin ich total mies gelaunt. Obwohl ich den ganzen Tag mit meinen Freundinnen verbracht habe und wir – für immer – unsere Spur auf der Pont des Arts zurückgelassen haben, fühle ich mich leer, schlapp, nutzlos, als hätte ich Wasser in den Adern.

Völlig unverständlich …

Ich schaffe es kaum, mich vom Bett an den Schreibtisch zu schleppen. Als ich eben meine Ballerinas ausgezogen habe, ist mir schwindelig geworden. Wahrscheinlich ist mein Blutdruck total im Keller.

Und morgen komme ich in die elfte Klasse. Noch zwei Jahre, dann bin ich mit der Schule fertig! Ich! …

Was habe ich bloß?

Obwohl ich den ganzen Nachmittag nur Grenadine getrunken habe, um auf dem gleichen Niveau zu bleiben wie die Mädels, kriegte ich bei meiner Rückkehr solche Kopfschmerzen, als hätte ich ein paar Flaschen Wodka und diverse Mischungen in mich reingekippt. Als ich schlaff auf dem Sofa lag, kam meine Mutter rein. Ich habe ihr gesagt, dass es mir schlecht geht, aber anstatt weiter nachzufragen, hat sie gelacht und gesagt, das sei ja nichts Neues.

In meinem Alter scheint alles, was mir anormal erscheint, den Erwachsenen völlig normal vorzukommen. Es ist anstrengend, sechzehn Jahre alt zu sein … Vor allem, wenn man sich fühlt wie achtzig.

Was habe ich nur gemacht?

Oder was habe ich nicht gemacht?

Anouchkas Tagebuch

Zwei Uhr morgens. Ich habe nachgedacht.

Es wäre logisch, wenn nach Julia Colombe dran wäre, dann ich, dann Raphaëlle.

Ja, Julia, Colombe, ich, Raphaëlle. In dieser Reihenfolge.

Colombe kommt bei den Jungs super an. Ich finde sie übrigens auch klasse, auch wenn ich sagen muss, dass ich froh bin, nicht ihre breiten Hüften oder ihre großen Brüste zu haben – ich käme mir vor, als würde ich mit lauter vollen Vorratstüten behängt auf Tour gehen. Es ist mir ein Rätsel, wie Colombe damit klarkommt, aber es sieht gut aus, wie sie sich bewegt.

Danach werde ich dran sein. Auch wenn ich mich nicht besonders mag, bin ich immer noch hübscher als Raphaëlle. Zum einen bin ich es, die sich selbst hässlich findet, nicht die anderen – ich möchte eben gern perfekt sein –, und zweitens ist es nun mal so, dass man wirklich nicht behaupten kann, dass das Schicksal Raphaëlle verwöhnt hätte. Sie steht an der Grenze zur Hässlichkeit – und, wie Dad an dieser Stelle flüstern würde, »man weiß nicht recht, auf welcher Seite der Grenze«.

Und ich schreibe das nicht aus Gemeinheit ... Alle denken so. Raphaëlle selbst redet darüber. Sie hat irgendwie etwas Maskulines an sich, und das quält sie. Sobald sie anfängt, sich selbst zu kritisieren, widersprechen wir ihr natürlich, wie es sich für beste Freundinnen gehört, und zählen tausend gute Eigenschaften von ihr auf, um sie aufzumuntern. Aber das ändert nichts daran, dass sie ja recht hat: Manchmal könnte man Raphaëlle für ihren eigenen Bruder halten.

Ja klar, ich weiß auch, dass sie gar keinen Bruder hat, aber es reicht ja, wenn ich weiß, was ich damit sagen will.

Colombes Tagebuch

Drei Uhr morgens. Die Schlaflosigkeit ist wieder da, diese falsche Schlange, die so tut, als wäre sie meine beste Freundin.

Mir schwirrt der Kopf. Ich denke an morgen, wenn die Schule wieder anfängt. Ich denke an Julia.

Hat sie sich überreden lassen? Wollte sie es?

Zu einem Jungen *ja* zu sagen ist leicht. Zu sich selbst *ja* zu sagen ist viel schwieriger.

Ich will unbedingt, dass die Entscheidung von mir kommt. Ich will alles im Griff haben, wenn schon nicht meinen Partner, dann wenigstens mich selbst.

Es ist doch ein Witz! Ich hätte bereits sexuelle Beziehungen haben können, wenn ich gemacht hätte, was die Jungs von mir wollten. Ich bin standhaft geblieben, weil ich

Aufrichtigkeit höher bewerte als Neugier, das bedeutet, ich muss es wirklich von mir aus wollen.

Allerdings, wenn Lucas derjenige wäre, der mir den Vorschlag macht …

Hat Julia es um des Vergnügen willens gemacht? Weil sie Terence liebt? Weil er sie so sehr belagert hat, dass es das letzte Mittel war, um ihn loszuwerden?

So oder so scheint sie auf Wolke sieben zu schweben.

Ich sollte besser schlafen. Lass mich jetzt in Ruhe, Schlaflosigkeit! Morgen werde ich Augenringe haben und mich nicht konzentrieren können, so dass die Lehrer mich für dumm halten und meine Freunde mich völlig neben der Spur finden. Na, schönen Dank auch!

Anouchkas Tagebuch

Fünf Uhr morgens!

Die Nachricht, dass Julia zur Frau geworden ist, hat mich ziemlich durcheinandergebracht. Jetzt kann ich mich auch nicht mehr lange verstecken. Irgendwann muss ich es auch hinter mich bringen. Ich habe überhaupt keine Lust dazu.

Ich wälze mich in meinem Bett hin und her, schmeiße meine Decke weg, hole sie zurück, bearbeite die Kissen mit Fäusten. Ach, wenn ich doch nur an was anderes denken könnte als an mich selbst, ich bin vergiftet von den Sorgen um meine eigene kleine Person.

Dad hat schon recht, wenn er immer sagt, dass ich mehr von mir selbst hätte, wenn ich nicht so egozentrisch wäre.

Julias Tagebuch

Ein Wunder! Heute hat die Schule wieder angefangen, und ich habe festgestellt, dass ich alle Kurse bekommen habe, die ich gewählt habe, außerdem die Lehrer, die ich mir gewünscht habe, und dann hat Monsieur Palanquin uns im Theaterkurs auch noch vorgeschlagen, zum Abschluss des Halbjahrs *Romeo und Julia* aufzuführen.

Romeo und Julia, mein Lieblingsstück … Ich weiß nicht mehr, wie alt ich war, als ich es zum ersten Mal gesehen habe, weil meine Mutter, die ein riesiger Shakespeare-Fan ist, mich schon früh mit ins Theater genommen hat. War das meine erste Begegnung mit den Brettern, die die Welt bedeuten? In meiner Erinnerung tauchen eher Bilder aus *Othello* auf – damals bin ich in Tränen ausgebrochen, als dieser eifersüchtige Paranoiker Desdemona erdrosselt hat, aber gleichzeitig fand ich es auch toll, loszuheulen. Habe ich *Romeo und Julia* vielleicht schon als Baby gehört, oder als ich noch im Bauch meiner Mutter war …? Ja, vielleicht war ich noch ein Fötus, als der Gesang der Nachtigall sich mit der sinnlichen Klage der Veroneser Liebenden vermischt hat. Sobald die Geschichte beginnt, fühle ich mich wie zu Hause, es kommt mir vor, als wäre von mir die Rede, ich bin die Capulets und die Montagues, Julia und Romeo zugleich, und ich steuere geradewegs auf das schreckliche Schicksal zu, das mich erwartet und dem ich mich freiwillig unterwerfe, und in den wenigen Szenen des Glücks werde ich von einem überwältigenden Wohlbefinden durchströmt.

Ich will unbedingt die Julia spielen. Monsieur Palanquin muss es mir einfach erlauben. Natürlich werden alle

Mädchen vom Lycée nach der Rolle lechzen, aber wenn es ein Vorsprechen gibt, werde ich es sein, die sie bekommt. Heute Abend fange ich an, die Balkonszene auswendig zu lernen. »Wer rennt, der rutscht. Drum eile nur mit Weile.«

Eigentlich müsste ich Terence mitteilen, was ich den Mädchen auf der Pont des Arts erzählt habe. Andererseits, wozu? Eine Begegnung zwischen ihnen und ihm ist höchst unwahrscheinlich … Paris und London sind durch dreihundertdreiundneunzig Kilometer, ein Meer, Bahnstreiks und eine jahrhundertealte Feindschaft voneinander getrennt. Nicht nötig, es noch komplizierter zu machen. »So süß tut scheiden weh.«

Terence …

Ob ich seine Züge sehen werde, wenn ich dem Schauspieler ins Gesicht blicke, der den Romeo verkörpert?

Wer ihn wohl spielen wird?

Jedenfalls werde ich, wenn eine andere Julias Rolle bekommt, die Treppe einseifen und sie hinunterstoßen. Das ist mein Ernst!

Colombes Tagebuch

Ich bin in der elften Klasse! Als ich ein Kind war, haben mich die Schüler aus der Elften immer eingeschüchtert; ich konnte mir nicht vorstellen, dass ich eines Tages so alt und so groß sein würde wie sie, dass ich mich auch so anziehen würde wie sie, so breite Schenkel und richtige Brüste haben würde. Sie spielten keine Spiele mehr – weder Himmel und Hölle noch Gummitwist noch Völkerball –, hatten ausgereifte Stimmen, und die Mädchen und die Jungen schlichen auf verdächtige und bizarre Weise umeinander herum. Sie kamen mir immer vor wie Erwachsene, die sich nur irrtümlich in einer Schule aufhalten. Bin ich jetzt auch so?

Heute wirken die Schüler der Abschlussklasse ähnlich auf mich. Die Mädchen ziehen sich anders an als meine Freundinnen, die Jungen sehen aus wie richtige Männer. Nicht nur, dass sie ein Stockwerk für sich haben, sie bleiben auch auf dem Hof oder in der Kantine unter sich, sie sind sich ihrer Überlegenheit bewusst und ignorieren uns, die armseligen Elftklässler.

Bei uns auf dem Lycée Marivaux gilt ein ungeschriebenes Gesetz: Ein Mädchen aus der Elften darf nicht mit einem Jungen aus der Abschlussklasse ausgehen. Und andersherum. Wenn eine von uns gegen dieses Verbot verstoßen würde, dann wäre sie eine Verräterin, die ihre Gruppe verlässt und ihre Freunde verliert.

Ich würde mich das niemals trauen, obwohl mir aufgefallen ist, dass Oscar, Lénas Bruder, mehrmals meinen Blick gesucht hat. Nicht schlecht, dieser Oscar, zumal er auch schon über achtzehn ist …

Abgesehen davon habe ich den ganzen Tag lang Julia beobachtet.

Meine Diagnose? Sie hat sich nicht wirklich verändert. An keiner Stelle sieht ihr Körper fraulicher aus als vorher, und ihre Gedanken beschäftigen sich nach wie vor mit den gleichen Dingen.

Ich weiß nicht, ob ich mich darüber freuen oder ärgern soll. Ich hatte mit einer tiefergehenden Veränderung gerechnet.

Nur sobald jemand Terence erwähnt, verliert sie ihre Selbstsicherheit und wird geheimnisvoll, erfüllt von uns unbekannten Empfindungen.

In Wirklichkeit ist sie mir heute auf die Nerven gegangen. Sie denkt an nichts anderes mehr, als daran, dass sie bei der Aufführung die Julia spielen will, dabei hätten Anouchka und ich ebenfalls Lust dazu. Als wir ihr das gesagt haben, hat sie versucht, uns zu verunsichern, und behauptet, Anouchka wäre nicht reif genug, um eine Liebende zu spielen; und mir hat sie geraten, mich doch lieber für die Rolle der Amme zu bewerben, die sei außerdem viel komischer. Ich hätte sie fast geohrfeigt! Richtig, ich habe Rundungen, und ja, ich habe größere Brüste als sie; aber das bedeutet ja noch lange nicht, dass ich dazu verdammt bin, nur alte Schachteln zu spielen. Ich hätte sie fast angeschrien, dass die Rolle der Julia ganz anders angelegt werden müsste, als sie es könnte, weil Julia Capulet schließlich noch Jungfrau ist, aber im letzten Augenblick habe ich mich wieder beruhigt. Ich kann nur Jungen gegenüber ruppig sein, weil ich mich in Mädchen immer zu sehr hineinversetze.

*

Nachrichten, die Anouchka, Colombe, Julia und Raphaëlle um Mitternacht miteinander austauschen.

ANOUCHKA

Hilfe, Mädels! Dad ist immer noch nicht nach Hause zurückgekehrt. Nachdem wir aus Korsika weggefahren sind, musste er geschäftlich noch ein paar Stunden in Marseille bleiben und sollte uns dann nach Paris folgen. Jetzt warten wir schon seit fünf Tagen auf ihn … Meine Mutter weint heute Abend in ihrem Zimmer. Ich spüre, dass irgendetwas Schlimmes passiert ist.

RAPHAËLLE

Ihr solltet die Polizei rufen.

ANOUCHKA

Das will Mama nicht. Sie beteuert mir, dass mein Vater nicht verschwunden ist, dass sie mehrere »Lebenszeichen« von ihm bekommen hat. Was für ein Ausdruck …

RAPHAËLLE

Soll das heißen, er ist entführt worden? Wurde als Geisel genommen?

ANOUCHKA

Ich habe sie gerade gefragt. Sie hat geantwortet: »Wenn es das doch wäre!« Dann hat sie uns beschimpft, meinen Bruder und mich, und sich eingeschlossen.

JULIA

Und dein Vater geht nicht ans Telefon?

ANOUCHKA

Nein.

COLOMBE.

Schreib ihm eine Nachricht. Irgendwas sehr Beunruhigendes. Irgendwas, damit er versteht, wie verängstigt du bist und kurz davor, eine Dummheit zu begehen.

ANOUCHKA

Eine Dummheit?

COLOMBE

Dass du gleich aus dem Fenster springst oder Chlorreiniger trinkst oder so was in der Art.

ANOUCHKA

Du spinnst ja! Die Situation nimmt uns auch so schon genug mit, ohne dass ich jetzt noch eins draufsetzen müsste, indem ich irgendwelche Lügen erzähle.

COLOMBE

Tu einfach, was ich dir geraten habe.

RAPHAËLLE

Colombe hat recht.

JULIA

Ich bin auch dafür.

ANOUCHKA

O. k.

COLOMBE, RAPHAËLLE, JULIA

Und?

ANOUCHKA

Er ruft an!

*

Anouchkas Tagebuch

Ich verstehe überhaupt nichts. Eigentlich wollte Dad mich am Telefon beruhigen, aber jedes Mal, wenn ich ihn gefragt habe: »Wann kommst du zurück?«, hat er angefangen zu weinen …

Sein Weinen hat mich total erschreckt. Ich hätte mir niemals vorstellen können, dass er, der sonst immer so ruhig und kontrolliert ist, zusammenbrechen und leiden könnte. Ich war so durcheinander, dass ich gar nichts mehr gesagt habe. Ich habe Dads Stimme gehört, aber es war ein verstörter Unbekannter, der sich ihrer bedient hat. Wer? Wieso war er so leicht aus der Fassung zu bringen? Normalerweise ist es immer Dad, der mich tröstet, aber ich habe gespürt, dass es nun an mir war, ihn zu beruhigen; es war ein Kind, das ich gehört habe, wenn er nicht gerade geschnieft oder geschwiegen hat. Er hat mich im Stich gelassen, sich nicht mehr wie ein Vater verhalten, und mir damit meinen Platz als Tochter weggenommen. Ich hätte am liebsten aufgelegt.

Was ist los? Wo ist Dad?

Meine Mutter weiß es, sonst würde sie nicht in ihrem

Zimmer weinen. Ich habe sie angefleht, mir zu sagen, wenn ein Mitglied unserer Familie gestorben oder krank ist, aber sie hat mir geschworen, dass das nicht der Fall ist.

Thibault will heute Nacht unbedingt in meinem Zimmer schlafen. Mein Brüderchen spielt zur Abwechslung mal nicht den starken Mann ... Obwohl er schon zwölf ist und eine Freundin hat, bin ich einverstanden, weil ich keine Lust habe, allein im Dunkeln zu sein mit einer schluchzenden Mutter unter mir und einem heulenden Vater irgendwo.

Mein Gott, sag mir endlich, was los ist. Lieber will ich mich dem Schmerz aussetzen, so wie meine Eltern, als mich weiter vor Angst zu verzehren.

Colombes Tagebuch

Arme Anouchka! Ihr Vater hat ihre Mutter verlassen – das ist offensichtlich –, aber sie trauen sich nicht, es ihr zu sagen, und sie weigert sich, es zu erraten.

Wir anderen haben das alles schon hinter uns.

Im ersten Moment kracht die Decke auf einen herunter, das Herz verknotet sich, das Leben hält an, dann, Monate oder Jahre später, gibt man zu, dass die Eltern recht hatten und dass es für alle besser war.

Ich zum Beispiel habe seitdem das Privileg, dass ich eine Woche bei meiner Mutter und eine Woche bei meinem Vater wohnen kann: Seitdem habe ich zwei Zimmer, zwei Wohnungen, zwei Adressen und werde doppelt verwöhnt. Ihre Scheidung hat eine Prinzessin aus mir gemacht. Beide haben so große Angst vor meinen Reaktionen, dass es ständig heißt: »Ich hab dich lieb« oder »Brauchst du irgendwas zum Anziehen?« Ich nutze das selten aus – nur, wenn es um Schuhe geht, für die ich eine kleine Schwäche habe und von denen ich schon einen ganzen Schrank voll besitze. Ich könnte noch viel fordernder sein, halte mich aber zurück – allerdings hebe ich mir diese Karte für später auf, für den Fall, dass ich mal das Gefühl haben sollte, dass das Ganze in Geiz oder übertriebene Strenge umschlägt.

Da fällt mir was ein … Ich werde sie bitten, mir eine Reise nach Brüssel zu spendieren. Lucas scheint sich an seiner neuen Schule wohlzufühlen.

In unserer Schule schleicht diese blöde Kuh Vanessa wie eine untröstliche Witwe durch die Gänge. Grotesk! Was findet er nur an ihr, abgesehen davon, dass sie fester an ihm klebt als eine Muschel an ihrem Felsen?

Julia hat versucht mich umzustimmen:

»Hat sie denn wirklich nichts an sich, was dich milder stimmen könnte?«

»Doch! Ihr Make-up ist nicht ganz so hässlich wie ihr Gesicht.«

Raphaëlles Tagebuch

Idioten, alle miteinander! Die Jungs aus der Abschlussklasse, mit denen ich abends oft rumgehangen habe, reden nicht mehr mit mir, wenn wir uns im Lycée begegnen, weil ich erst in der Elften bin …

Freitagabend, im You, sind ein paar von ihnen zu mir gekommen und wollten sich entschuldigen.

»Du musst uns verstehen, Raphie, wenn wir mit den anderen zusammen sind, müssen wir uns genauso verhalten wie sie. Wir wollen dich doch nur beschützen.«

»Wovor denn beschützen?«

»Die Mädchen aus unserem Jahrgang machen dich fertig, wenn sie erfahren, dass du mit uns befreundet bist.«

Na gut, ich habe zwar nicht vor zu jammern oder die Welt umzukrempeln, aber ich habe da eine Idee, die Früchte tragen und uns alle toleranter machen wird: Und zwar will ich mir das Stück, das wir bald aufführen werden, zunutze machen. Da es darin um zwei verfeindete Familien geht, die Montagues und die Capulets, die gegen die Verbindung ihrer Kinder sind, warum dann nicht die Capulets – also Julias Klan – von Elftklässlern und die Montagues – Romeos Klan – von Zwölftklässlern spielen lassen?

Ich werde meine Idee unserem Theaterlehrer vorschlagen.

Julias Tagebuch

Sieg, ich hab's geschafft! Ich werde die Julia spielen. Monsieur Palanquin hat auf der Besetzungsliste, die er im Lehrerzimmer aufgehängt hat, meinen Namen neben die Rolle geschrieben.

Ich vergehe vor Glück.

Unter anderen Umständen hätte die Rolle eigentlich an Anouchka gehen müssen, da alle finden, dass sie mehr Talent fürs Theater besitzt als irgendjemand sonst, aber das Verschwinden ihres Vaters hat ihr so sehr zugesetzt, dass sie ihren Text mit düsterer Miene und ziemlich stockend vorgetragen hat. Es war gruselig.

Als ich zugehört habe, wie meine beste Freundin beim Vorsprechen nur herumstammelte, war ich hin- und hergerissen: Sie hat mir zwar leid getan, aber gleichzeitig habe ich geahnt, dass ich gewinnen würde.

Es ist nicht besonders angenehm, wenn solche widersprüchlichen Gefühle so eng beieinander liegen …

Ähnlich unwohl habe ich mich schon im Sommer gefühlt, wenn ich mit Terence zusammen war: Von einer Sekunde auf die andere hatte ich entweder Lust, ihm um den Hals zu fallen oder ihn zu schlagen.

Was sage ich, von einer Sekunde auf die andere? Gleichzeitig!

»Das Leid ist der Krebs der Schönheit.«

Stimmt mit mir irgendetwas nicht? Es kommt mir so vor, als ob die Gefühle von Colombe, Anouchka und Raphaëlle klarer, simpler, eindeutiger, einfarbiger wären …

Raphaëlles Tagebuch

Hosanna! Ich habe endlich herausgefunden, wer der besagte Terence ist, Julias Terence, der, mit dem sie diesen Sommer geschlafen hat!

Und zwar handelt es sich um Terence Barry, den Bruder von Kate, eine Freundin der besten Freundin meiner Cousine.

Da ich Julia geholfen hatte, über meine Mutter eine Unterkunft in England zu finden, ergab sich ein Anhaltspunkt für meine Nachforschungen, durch die ich ihn schließlich ausfindig machen konnte.

Heute Morgen hat ein Mädchen mir ein Foto von ihm geschickt: Terence sieht sehr gut aus. Er hat grüne Augen, hellbraunes Haar, schmale Wangen, und an seinem langen Hals tritt sein Adamsapfel deutlich hervor. Er guckt ein bisschen verwegen, und sein Stil ist ziemlich elegant und lässig, britisch eben … Unglaublich! Unglaublich, dass ein Mädchen wie Julia bei ihm landen konnte.

Damit keine Missverständnisse aufkommen, ich habe nichts gegen Julia; sie ist die reinste Puppe: Alles an ihr ist klein und niedlich, ihr herzförmiges Gesicht, der kleine Mund, ihre Körpergröße. Nur ihre Waden würden besser zu einem normal großen Mädchen passen – deswegen wirken sie zu kräftig, vor allem wenn sie so ungeschickt ist, Ballerinas anzuziehen … Vielleicht hat sie im Sommer ja ihre Sandalen mit Absätzen getragen, die sie fünfzehn Zentimeter größer machen? Damit sieht sie schlagartig nicht mehr wie eine kleine Puppe aus, sondern eher wie eine Barbie.

Ich dachte, Jungs hassen es, mit Puppen zu spielen. Fangen sie etwa so spät noch damit an?

Colombes Tagebuch

Was sollen diese Bemerkungen? Die der Jungs meine ich …

Warum denkt man die ganze Zeit, sie wären gleichgültig, und dann raunen sie einem ganz plötzlich diese Worte zu, die einen völlig entwaffnen? Wie Jäger, die in einem Augenblick noch friedlich durch den Wald spazieren und im nächsten blitzschnell ihren Bogen spannen, den Pfeil loslassen und das Reh erschießen. Ich habe allerdings nicht vor, die Beute zu spielen. In welchem Augenblick sind die Männer wirklich sie selbst: wenn sie ganz locker wirken oder wenn sie töten?

Heute bin ich zweimal attackiert worden.

Am Morgen hat Lucas mir aus Brüssel geschrieben: »Ich denke öfter an Dich, als ich sollte. Das ist nicht gut. Du fehlst mir.« Dabei ist er doch offiziell mit Vanessa zusammen. Ganz recht, auch auf die Gefahr hin, dass ich mich wiederhole: Die beiden sind seit zwei Jahren ein Paar. Wie soll ich da reagieren? Als ob seine Dauerfreundin nicht existieren würde und ihm verraten: »Auch ich denke beim Einschlafen und beim Aufwachen an Dich«, oder ihn demütigen, indem ich ihn daran erinnere, dass ich, auch wenn die blöde Vanessa nicht meine beste Freundin ist, auf keinen Fall der Grund für eine Trennung sein will?

Die Mädels brauche ich gar nicht erst zu fragen: Julia wird mir wieder irgendwas von Shakespeare zitieren, Raphaëlle wird mir vorschlagen, meine Probleme in der Disco zu vergessen, Anouchka wird in Tränen ausbrechen und mir wieder einmal vorjammern, dass sie die Männer einfach nicht kapiert, wozu sie ja auch allen Grund hat, weil ihr Vater unerklärlicherweise immer noch nicht wieder aufgetaucht ist. So oder so, wenn ich vor den dreien von Lucas anfange, rufen sie jedes Mal: »Gib's auf, Colombe, und such dir lieber jemand anderen, auf den du ein Auge werfen kannst.« Auf der anderen Seite habe ich seine Nachricht sorgfältig gelesen und bin der französischen Sprache mächtig: »Ich denke öfter an Dich, als ich sollte. Das ist nicht gut. Du fehlst mir.«

Zur gleichen Zeit gibt es da Mehdi, einen Jungen aus meiner Klasse, der seinen Kumpels verraten hat, dass er total verrückt nach mir ist; wenn er allerdings in meiner Nähe ist, ignoriert er mich.

In der Pause hatte ich schlechte Laune, nachdem ich Vanessa über den Weg gelaufen bin, die sich über ihr Handy beugte und schallend gelacht hat, und da bin ich zu Mehdi gegangen und habe zu ihm gesagt:

»Du kannst mir ja nicht mal in die Augen blicken. Hast du Angst?«

»Ich habe keine Angst vor dir, sondern vor mir selbst«, hat er mit gesenktem Kopf geflüstert. »Meine Gefühle machen mir Angst.«

Seine Antwort hat mich gerührt; aber ich war nun mal in Streitlaune, also habe ich noch einen draufgesetzt:

»Was murmelst du da, Mehdi? Ich verstehe kein Wort.«

Da hat er aufgeblickt, mich angesehen und blass, mit belegter Stimme gestammelt:

»Du blendest mich so sehr, dass ich den Blick senken muss.«

Dann ist er verschwunden.

Mir ist bisher nie aufgefallen, dass seine kastanienbraunen Augen wie bei einem ägyptischen Prinzen ganz lange Wimpern haben. Und dass seine Lippen voller sind als meine. Drollig! Er ist siebzehneinhalb, ist von allen der kräftigste und wirkt am männlichsten, aber mir gegenüber wird er ganz kleinlaut …

Wie soll ich das deuten? Ich würde gerne irgendeinen abschließenden Gedanken in dieses Heft schreiben, über den ich dann beim Einschlafen weiter nachdenken kann, einen Gedanken, der beweisen würde, dass ich diesen Tag nicht für nichts und wieder nichts ertragen habe, einen Gedanken, der die Existenz dieses Tagebuchs rechtfertigt und seine besondere Qualität bezeugt.

Was also schließe ich daraus?

Zum Ersten …

Zum Zweiten …

Zum Dritten …

Erbärmlich! Ich komme zu keinem Schluss. Außer, dass die Jungen offenbar über einen Radar verfügen, um sich den Mädchen zu nähern und ausgerechnet den Satz rauszuhauen, der sie ins Mark trifft.

Julias Tagebuch

Kein Junge wird Romeo spielen. Weder aus der Elften noch aus der Zwölften. Sie stürzen sich auf die anderen Rollen und starren die Decke an, wenn Monsieur Palanquin sie fragt, ob sie die Balkonszene lesen wollen.

Liegt es an mir?

Heute Nachmittag, als die Absagen sich häuften, war das der Schluss, den ich daraus gezogen habe. Vor allem, nachdem Mehdi, der von allen am reifsten wirkt, verkündet hat, dass er lieber in der Kostümwerkstatt arbeiten will.

Liegt es an mir, dass sie die Flucht ergreifen?

Am Ende der Stunde hat Monsieur Palanquin mich, als hätte er meine Gedanken gelesen, zur Seite genommen, um mich zu beruhigen.

»Jungs sind in dem Alter extrem schamhaft. Emotionen

in Worte zu fassen, über verliebte Gefühle zu sprechen, auf die Knie gehen, in poetischer Sprache verkünden, dass sie eine Frau verehren, dazu fühlen sie sich nicht in der Lage.«

»Schamhaft, die? Sie haben wohl noch nie zugehört, wenn die sich miteinander unterhalten. Gröber, roher, obszöner geht es gar nicht.«

»Das ist genau das, was ich meine, Julia. Ihre vulgäre Sprache soll sie vor den Emotionen beschützen. Hinter den groben Worten verbergen sich große Gefühle.«

»Sie wollen mich nicht umarmen, das ist der Grund.«

»Das hat nichts mit dir zu tun, Julia, bei einer anderen würden sie genauso reagieren.«

Monsieur Palanquin befürchtet, dass wir uns ein anderes Stück suchen müssen, wenn wir keinen Romeo finden.

Auch Raphaëlles geniale Idee hat er nicht umsetzen können: die Montagues von den Zwölftklässlern spielen zu lassen und die Capulets von den Elftklässlern ... Bei jeder Abstimmung haben die aus dem einen Jahrgang die Rollen für sich gefordert, die die aus dem anderen Jahrgang sich ausgesucht hatten.

Sind wir denn so verfeindet, dass wir nicht einmal gemeinsam zwei verfeindete Klans spielen können?

Colombes Tagebuch

Lucas ...

Warum sind wir Mädchen nur derart besessen von den Jungs? Oder denken sie auch die ganze Zeit an uns? Reagieren sie auch so sensibel auf jedes noch so kleine Erlebnis?

Lucas …

Es fühlt sich an wie ein schwerer Stein im Magen. Ich habe Lucas viel zu gern, ich spüre ihn unter meiner Haut, er hat sich mir eingeprägt. Er hat mich total vereinnahmt, und das ist aufregend und unerträglich zugleich. Heiße Wellen steigen in meiner Brust empor, aber schon im nächsten Augenblick zittere ich, fühle mich verlassen, einsam, verloren. Ein paar Augenblicke lang bin ich glücklich, dann plötzlich fällt alles ohne Grund in sich zusammen.

In einem Moment bin ich überschwänglich, im nächsten wieder vernünftig. Mal sagt mir mein Herz, wo es langgeht, dann wieder übernimmt mein Verstand das Ruder: Zwischen den beiden besteht keinerlei Verbindung, einmal abgesehen von der Marionette Colombe, die »ich« sagt.

Wird Lucas das gefallen?

Ich kenne nur die Maßlosigkeit: Erst denke ich *Es ist alles seine Schuld*, und kurz darauf *Ich bin an allem schuld*. Dazwischen gibt es für mich nichts.

Wenn ich weiß, dass Lucas in Paris ist, nimmt er mich vollkommen in Beschlag, er verbirgt sich in jeder Straße, die ich mit den Augen absuche, jeder Menschenmenge, die ich beobachte, in dem Café, das ich betrete, aber auch in meinem Kopf, meinen Plänen, meinen Erinnerungen, meinem Bauch, meinen Träumen … Er steckt in jeder Faser meines Körpers, ich habe zugelassen, dass er mich vollständig vereinnahmt. Manchmal stelle ich mir vor, dass er sogar in der Luft schwebt, die ich atme, und suche darin nach seinem Geruch. Nicht da? Nicht weit weg, weil diese Brise ihn gestreichelt hat und sich an ihn erinnert, mich zu ihm führen wird; bis es soweit ist, verbindet sie uns miteinander.

Wegen ihm habe ich die ganze Zeit Angst. Angst, ihn zu sehen – wenn es passiert, bin ich vor Schreck wie gelähmt –, Angst, ihn nicht zu sehen. Es gibt keine leeren Orte mehr, nur magnetische, verschwommene, gefährliche Orte, an denen Lucas schon herumspukt, bevor er dort auftaucht.

Oft halte ich die Luft an, weil ich hoffe, meine Zuneigung könnte ihn auf die Bildfläche rufen. Aber nein! Ich verschlucke mich, laufe dunkelrot an und bekomme schlechte Laune.

Selbst seine Gleichgültigkeit fasziniert mich. Wenn Lucas mich nicht sieht, überkommt mich ein köstliches, unerträgliches Gefühl. Köstlich, weil ich mich auf seine Schultern konzentrieren kann, seinen geschmeidigen Gang, seine lässigen Beine, ich starre auf seinen Rücken, seine Taille, seinen Hintern: Sein Desinteresse bewirkt, dass er mir gehört, voll und ganz. Unerträglich, weil die Einsamkeit mich sticht, ich sinke an der Mauer hinab, an die ich mich anlehne, verliere das Bewusstsein, sterbe.

Wird Lucas mich eines Tages lieben?

Heute Abend werde ich in dem Pullover einschlafen, den er mir geschenkt hat, und ich werde die Kopfhörer, die er bei mir vergessen hat, gegen meine Ohren pressen.

Anouchkas Tagebuch

Dad hat sich für morgen mit mir in Châtelet im *Café Zimmer* verabredet.

Ich freue mich, habe aber auch Angst.

Es ist für mich eine Verabredung mit der Wahrheit. Er

hat betont, dass er sie nur mir mitteilen wird, und nicht Thibault, den er für zu jung hält. Erst fand ich den Gedanken schmeichelhaft, aber dann hat er mich deprimiert. Wenn die Erwachsenen mich wie ein kleines Mädchen behandeln, nehme ich es ihnen übel, besonders meiner Mutter, weil ich der Meinung bin, dass ich ihren Respekt verdiene. Bei Dad hingegen möchte ich beides sein, Frau und Kind zugleich. Ich brauche seine Hilfe – und werde sie mein Leben lang brauchen.

Die Wahrheit … Welche Wahrheit hat meinen Vater aus unserem Zuhause vertrieben? Die Mädchen haben mir gesagt, dass er ganz sicher eine Freundin hat. Ich glaube nicht daran.

Es wäre aber logisch und würde mit der Statistik übereinstimmen, wie Colombe nicht müde wird zu sagen.

Aber Dad ist anders. Er taucht in keiner Statistik auf. Er ist mein Vater, ich weiß, von wem ich rede.

Raphaëlles Tagebuch

Ich habe im Theaterkurs angeboten, den Romeo zu spielen.

Zwei oder drei Dumpfbacken haben zwar rumgemeckert, aber Monsieur Palanquin hat ihrem hysterischen Geflenne ein Ende bereitet, indem er erklärt hat, dass zu William Shakespeares Zeiten alle Rollen, egal ob Mann oder Frau, von Männern gespielt wurden; also wurden die jungen Frauen von jungen Männern gespielt. Warum dann nicht andersherum?

Meine Kumpels waren dafür, sie haben sogar angefangen, mit ihren tiefen Stimmen meinen Namen zu rufen, es klang wie ein Chor röhrender Hirsche. Nett und scheußlich zugleich.

Es hat mir geschmeichelt, dass ausgerechnet Julia sich mit Nachdruck dafür ausgesprochen hat, dass ich die Rolle bekomme.

»Nächste Woche werden wir eine Lösung für das Problem finden«, hat Monsieur Palanquin gesagt, der sich auch in anderen Klassen nach einem Jungen für die Rolle umsieht.

Warum habe ich mich für die Rolle beworben? Wenn meine Freundinnen Colombe, Anouchka und Julia über Verführung reden, fühle ich mich so sehr im Abseits, dass ich die Hoffnung habe, eine ordentliche Dosis Shakespeare würde mich verändern und mir die Melodie der Liebe in den Kopf zaubern.

Ansonsten habe ich noch ein weiteres Foto von Terence erhalten, das noch beeindruckender ist und auf dem er zwischen seinen Freunden sitzt und Gitarre spielt. Ich habe Mamas Einladung zu einem Shopping-Weekend in London zwar ausgeschlagen – es langweilt mich zu Tode, im Schlepptau einer albernen Vierzigjährigen, die unbedingt wie ein junges Flittchen aussehen möchte, durch die Geschäfte zu ziehen –, aber vielleicht sollte ich es mir doch noch einmal überlegen?

Sollte ich Julia davon erzählen?

Colombes Tagebuch

Keine Neuigkeiten. Lucas hat mir keine zweideutigen Nachrichten mehr geschickt, und Mehdi baggert weiter gewissenhaft an mir herum. Alles wie gehabt … Mehdi wird bei mir wenig Erfolg haben. Was ihm fehlt? Zu lieb, zu respektvoll. Er überlässt es mir, über sein Schicksal zu entscheiden. Deshalb wird er niemals mein Freund sein.

Was Anouchka angeht: Sie behauptet, dass sie bei dem obskuren Treffen mit ihrem Vater im Café nichts aus ihm herausbekommen hat, aber sie lügt. Da ich ihre beste Freundin bin, ärgert mich das: Für wen hält sie mich? Wenn sie sich Sorgen macht, soll ich sie trösten, aber sobald sie ein pikantes Detail erfährt, lässt sie mich fallen. Das ist echt traurig …

Ach ja, eine Sensation gibt es doch zu vermelden: Augustin wird den Romeo spielen.

Ich find's toll. Alle bewundern Augustin. Er hat auf dem Lycée Marivaux einen ganz besonderen Status, weil er der Einzige ist, der schon seit Jahren mit dem gleichen Mädchen zusammen ist. Es kommt uns fast so vor, als wären Augustin und Marie unsere Maskottchen, so sehr sind wir daran gewöhnt, sie eng umschlungen durch die Flure oder über den Hof gehen zu sehen.

Ihnen verdanke ich es, dass mir der Glaube an die Liebe nicht abhandenkommt. Wenn ich das zärtliche, entzückte Glänzen in Augustins Augen sehe, wenn er sich zu der zierlichen Marie hinunterbeugt, dann bekomme ich Herzklopfen bei der Vorstellung, dass auch ich bald solche wunderschönen Erfahrungen machen werde.

Ich finde es fast schon obszön, wie Colombe sich den Jungs gegenüber benimmt: Ihre tiefen Ausschnitte, wie sie mit dem Hintern wackelt, mit den Lidern flattert, zu laut lacht, schmollt, den einen abküsst, den anderen ganz zufällig berührt, sich ständig durch ihr langes Haar fährt, herumturtelt und sich kokett windet. Und dieser Film läuft von früh bis spät, quasi als Dauervorstellung in Technicolor, digitaler Sound und Dreidimensionalität inklusive. Meine beste Freundin ist auf dem besten Weg, sich in einen männerfressenden Vamp zu verwandeln.

Als ich sie vorhin im Balmoral darauf angesprochen habe, ich sie aus allen Wolken gefallen. Nicht, dass ich an ihrer Aufrichtigkeit zweifeln würde, denn sie ist und bleibt ein Mädchen aus Gold, treu und authentisch; nein, Colombe ist sich gar nicht bewusst, wie aufreizend sie sich bewegt, wie sie die Männer ansieht und anlächelt. Die neuen Rundungen gehen bei ihr mit einem affektierten Benehmen einher. Die Hormone sind ihr zu Kopf gestiegen.

Manchmal blicke ich meine beste Freundin an und sehe eine von diesen blöden Gänsen vor mir, denen ich Samstagabends in der Disco begegne, die ihre Körper in so enge Stretch-Klamotten zwängen, dass selbst noch der letzte hirnamputierte Gaul kapiert, dass hier ruhig zugelangt werden darf …

Hilfe! Ich will nicht zu so einem Samstagabend-Mädchen werden!

PS Ach ja, eins habe ich ganz vergessen: Augustin wird Romeo spielen. Nicht ich. Macht nichts, ich werde mich um die Beleuchtung kümmern, das finde ich sowieso spannender.

PPS Stimmt das Gerücht? … Angeblich soll Marie letztes Jahr abgetrieben haben, weil Augustin beim Sex nicht auf die Verhütung geachtet hat. Sie hat es ihm anscheinend nicht übelgenommen, denn schließlich sind die beiden immer noch ein Paar.

PPPS Wie wird wohl Marie damit zurechtkommen, dass Augustin zusammen mit Julia den Romeo spielt? Ich könnte nicht mit einem Schauspieler verheiratet sein, da würde ich einen emotionalen Kurzschluss erleiden.

PPPPS Keinen Schauspieler heiraten, kein Samstagabend-Mädchen werden, das sind meine Schlussfolgerungen für den heutigen Tag. Tja, nichts als negative Vorsätze! Ich weiß, was ich nicht sein will, aber nicht, wer ich bin, und noch weniger, was aus mir werden soll.

Julias Tagebuch

Projekt gerettet. Augustin wird Romeo spielen. Ich werde die Julia sein.

Raphaëlle wäre mir lieber gewesen. Mit ihr zusammen wären mir die Szenen nicht peinlich gewesen, wir hätten uns ohne Scham umarmen oder betatschen können, unter Mädchen hat das nichts zu bedeuten.

Bei den Proben heute Nachmittag musste ich, als Augustin seine riesigen Hände nach mir ausstreckte, die ganze Zeit daran denken, dass diese Hände im wirklichen Leben schon ein Mädchen gestreichelt haben, dass seine langen Finger wissen, wie man Liebe macht, dass es ein echter Mann war, der mich berührt hat.

Hände sind etwas Seltsames … Solange sie auf Distanz bleiben, sind sie nichts weiter als die Verlängerung eines Armes, man bemerkt sie gar nicht; sobald sie sich aber auf deine Haut legen, verwandeln sie sich; sie verändern ihre Beschaffenheit – samtig, fest, schwielig, schlaff, feucht, trocken; sie verändern ihre Temperatur – heiß, kalt oder eisig; sie entwickeln eine Persönlichkeit, schweigen nicht länger, sondern reden, vermitteln Gefühle, Anziehung, Gewalt, Ekel. Kurz gesagt, sie nehmen sich eine erstaunliche Unabhängigkeit heraus. Sobald eine Hand sich auf deine Haut legt, sagt sie sich von dem Körper los, zu dem sie gehört, und gewinnt eine eigene Präsenz.

Bei der Probe heute habe ich nicht mit Augustin gespielt, der seinen Text heruntergeleiert hat, sondern mit zwei Händen, Romeos Händen.

Zwischen den Versen, die Flügel waren, auf denen meine Seele davongeflogen ist, und dieser robusten, männlichen Pranke, deren Griff mich auf der Erde festhielt, habe ich mich gut gefühlt, lebendig und leidenschaftlich, aber nur bis zu dem Moment, als ich Maries Blick bemerkt habe. Sie hat mich kühl fixiert – ich glaube, sie hat meine Obsession mit den Händen durchschaut. Da war's dann vorbei mit meiner Unbefangenheit, ich habe gefröstelt, mich auf meinen Text und meine Art zu sprechen konzentriert und verschiedene Betonungen, Intonation und Atempausen ausprobiert, bis Monsieur Palanquin mich irgendwann gestoppt hat.

»Hör auf zu singen, Julia. Versuche lieber, ganz schlicht zu bleiben, so einfach wie möglich.«

Schlicht bleiben, das ist wohl das Schwierigste, was man von mir verlangen kann.

Anouchkas Tagebuch

Ich hasse meine Mutter.

Als Dad mir neulich die Situation erklärt hat, hat er kein Wort gegen sie gesagt; im Gegenteil, er hat seine Fehler eingeräumt und die ganze Schuld auf sich genommen. Also sage ich es an seiner Stelle: Es ist ihre Schuld, dass alles den Bach runtergeht!

Meine Mutter hätte nur ein einziges Ziel verfolgen dürfen: Dad glücklich zu machen.

Stattdessen hat sie sich hinter ihrer schlechten Laune, ihren vorgeschobenen Problemen und ihrer verbitterten Gleichgültigkeit verschanzt. Was ist dabei herausgekommen? Sie hat ihre Ehe und unsere Familie zerstört!

Sie hat auf mich gewartet und, als ich aus Chatelêt zurückgekommen bin, mit zerbissenen Lippen und bleichem Gesicht zu mir gesagt:

»So, dann weißt du es jetzt also?«

»Was weiß ich?«

»Wer dein Vater ist.«

Ich wäre am liebsten auf sie losgegangen. Sie ist so bescheuert! Verdammte Rassistin! Mit so viel Verachtung von Dad zu reden … Ich habe sie angezischt:

»Ich weiß vor allem, wer *du* bist!«

Dann habe ich die Tür hinter mir zugeknallt und abgeschlossen. Danach haben wir nicht mehr miteinander geredet.

Was hat sie denn geglaubt? Dass ich mich in ihre Arme werfe, damit sie sich an meiner Schulter ausweint? Dass ich sie wie ein Opfer in Empfang nehme, obwohl ich finde, dass sie an allem schuld ist? Dass ich sie streichle und Dinge sage wie »Männer sind Mistkerle« oder »Liebe gibt es nicht«, ihre beiden Lieblingssprüche derzeit?

Nein, Dad ist kein Mistkerl. Und wenn er uns verlassen hat, dann aus Liebe.

*

Nachrichten, die Colombe, Julia und Raphaëlle sich untereinander schreiben

COLOMBE

Mädels, Anouchka hat mir die Wahrheit verraten: Ihr Vater hat ihre Mutter für einen Mann verlassen.

RAPHAËLLE

Was! Wie kann das denn sein?

COLOMBE

Das kann sehr wohl sein. Anouchkas Vater und sein Freund leben seit dem Ende der Ferien zusammen.

RAPHAËLLE

Was hat er dann vorher mit ihrer Mutter gemacht?

JULIA

Hat er da auch schon Männer geliebt, oder ist das was ganz Neues?

COLOMBE

Das scheint neu zu sein. Anouchka hat mir erzählt, dass ihr Vater sich nicht dafür schämt, und dass er aufblüht. Aber trotzdem ist er sehr traurig darüber, dass er seine Familie kaputtmacht und sich seinen Kindern entfremdet.

JULIA

Und wie findet sie das alles?

COLOMBE

Sie hat ihrem Vater gesagt, dass sie seinen Freund kennenlernen will.

RAPHAËLLE

Ich bin mir nicht sicher, ob ich auch so reagiert hätte.

JULIA

Ich auch nicht.

COLOMBE

Ich schon. Als Tochter muss man doch wollen, dass die eigenen Eltern glücklich sind, oder nicht?

JULIA

Du hörst dich an wie die Eltern deiner Eltern, wenn du so redest.

RAPHAËLLE

Colombe hat recht. Heutzutage, wo Paare ständig auseinandergehen und woanders wieder neu zusammenfinden, muss man als Kind ziemlich viel Nachsicht mit seinen Erzeugern haben.

*

Raphaëlles Tagebuch

Mein Trip nach London war ein voller Erfolg!

Die Stadt hat nichts mit dem Bild zu tun, dass ich mir vorher von ihr gemacht habe, sie ist noch viel spannender und schöner.

London, das ist der Turm zu Babel, der beschlossen hat, nicht mehr weiter in den Himmel zu wachsen, sondern sich auf der Erde auszubreiten in zahllosen Straßen, Alleen, Plätzen und Parks. Es wimmelt überall, und alle haben es eilig. Die Gehwege sind voller Menschen unterschiedlicher Herkunft. Es gibt den milchig-blassen Rothaarigen, den Inder mit dunkelviolett schimmernder Haut, den strohblonden Isländer, den Afrikaner mit krausem Haar, den klapperdürren Cockney-Sprecher, den Wikinger-Kraftprotz, und nicht zu vergessen, die Asiaten, Kaukasier, Mongolen, Türken, Araber, Inuit, Griechen, Latinos und so weiter, bis hin zu den Pygmäen. Und alle, die dort leben, sprechen Englisch, eine biegsame, funkelnde Sprache, die, je nachdem, wer der Sprecher ist, in unzähligen Nuancen zu hören ist. Wenn er aus Puducherry stammt, klingt es fruchtig, kommt er aus Sevilla, abgehackt, wenn es ein Berliner ist, gespickt mit Konsonanten, nasal bei jemandem aus den Vereinigten Staaten, vielschichtig und turbulent wie ein Jahrmarkt, wenn er in Oxford aufgewachsen ist.

Meine Mutter hatte ein ziemlich kleines Hotelzimmer gebucht, das trotzdem ein Vermögen gekostet hat, modern, schick und durchgestylt, so dass ich mich gefühlt habe wie ein internationales Model auf der Durchreise.

Ich werde mich nicht weiter über die Boutiquen auslassen, in die sie mich gezerrt hat, um unverschämt kurze Kleider anzuprobieren, denn für Mode habe ich ja bekanntlich nichts übrig; und dass die Verkäuferinnen alle so aussehen wie russische Topmodels, hat auch nicht gerade dazu beigetragen, dass ich mich dort wohler fühlte.

Aber dafür hat sich unser Theaterbesuch am Abend wirklich gelohnt. Wir haben uns ein tolles Musical angesehen; die Bühnenbilder gingen eins aus dem anderen hervor, die unbekannten Darsteller sangen besser als irgendwelche Stars, die Truppe tanzte mitreißend zu den Klängen eines virtuosen Orchesters. Niemals würde man so etwas in Paris zu sehen bekommen! Sicher, die Handlung war vorhersehbar, die Dialoge waren nicht gerade nobelpreisverdächtig – ich habe ungefähr verstanden, was sie von sich gegeben haben –, und als es vorbei war, habe ich zugeben müssen, dass die ganze Perfektion nur dafür da war, eine kitschige Liebeskomödie zu erzählen. Den Engländern von heute geht es eher darum, Tickets zu verkaufen, als den neuen Shakespeare zu entdecken oder zu fördern, der ihnen dann *Romeo und Julia* schreibt, aber gut, es wäre gelogen, wenn ich behaupten würde, dass es mir nicht gefallen hat.

Der Clou meiner Reise allerdings war ein Abend bei Dorothy, wo ich Terence kennengelernt habe.

Ja, genau, Terence! Julias Terence … Eines muss ich allerdings klarstellen: Es war kein Zufall, sondern ich hatte alles von Paris aus arrangiert. Mama hat von all dem nichts mitbekommen.

Da stand ich also einem Typen mit pistaziengrünen Augen gegenüber, der längere Haare hatte als auf dem Foto und einen weit ausgeschnittenen Pullover trug, so dass man den Ansatz seiner Schultern und ein bisschen von seinem Oberkörper sehen konnte. Seine Lippen lächeln nie, seine Augen aber ununterbrochen. Wenn Terence spricht, könnte man meinen, einem Bauchredner zuzuhören, weil er so eine wunderbar tiefe und sonore Stimme hat, die von irgendwo unterhalb des Adamsapfels, in Höhe der Brustmuskeln oder sogar aus dem Bauch hervordringt und einen interessanten Kontrast zu dem fein geschnittenen Gesicht bildet. Obwohl ich doch normalerweise überhaupt keine Hemmungen kenne, hat er einschüchternd auf mich gewirkt; offenbar besitzt er diesen besonderen Charme, der die Mädchen ganz kirre macht – und da bin ich keine Ausnahme gewesen.

Unsere Blicke hatten sich schon einmal kurz gekreuzt,

dann habe ich mich zwischen den Gästen hindurchgeschlängelt, um in seine Nähe zu gelangen – es war so voll, dass ich gegen ihn gedrückt wurde. Wir haben uns unterhalten. Plötzlich fand ich die Musik zu laut und mein Englisch gar nicht mehr so flüssig; ich bin über die Wörter gestolpert, ich musste brüllen, und meine Stimme klang plötzlich unangenehm, rau, krächzend. Irgendwann ist es mir gelungen, Julias Namen zu erwähnen. Da hat er einen Moment gezögert. Ich habe ihm erklärt, dass ich ihre beste Freundin sei. Da huschte ein Leuchten über sein Gesicht. Terence stieß sich von der Mauer ab, an der er lässig gelehnt hatte, und sagte mit einem engelsgleichen Lächeln zu mir:

»Send my love to Julia, please.«

Dann ist er verschwunden.

Ich bin sicher kein unbedarftes kleines Mädchen, und ich neige auch nicht zur Eifersucht, aber ich gebe zu, dass ich in dem Moment meine Freundin beneidet habe. *Send my love to Julia.* Überbringe Julia meine Liebe … Jetzt verstehe ich, warum sie so leidenschaftlich in der Rolle der Julia aufgeht.

Auf der Rückfahrt, als ich im Eurostar neben meiner Mutter saß, die am Telefon verzückt ihre Einkäufe aufzählte, habe ich mich in der nachtdunklen Fensterscheibe betrachtet. Wer bist du, Raphaëlle? Ich habe versucht herauszufinden, wie ich wohl auf jemanden wirke, der mich anspricht. Würde Terence möglicherweise etwas an mir finden, wenn er mich vor Julia kennengelernt hätte? So viele Empfindungen, so viele verschiedene, noch nie dagewesene Gedanken stürmten auf mich ein wie aufgescheuchte Vögel, die sich an einem stürmischen Abend auf einen Ast stürzen und ihn kurz darauf wieder verlassen.

*

Nachrichten, die sich Anouchka, Colombe und Raphaëlle untereinander schreiben

RAPHAËLLE

Ich verstehe Julias Reaktion nicht! Als ich ihr Terences Nachricht überbracht habe, ist sie ganz bleich geworden. Seit vier Tagen würdigt sie mich keines Blickes ...

ANOUCHKA

Vielleicht fällt es ihr schwer, zu glauben, dass deine Begegnung mit Terence reiner Zufall war.

COLOMBE

Das fällt uns im Übrigen auch schwer ...

RAPHAËLLE

Glaubt ihr mir etwa nicht?

COLOMBE

Nein.

ANOUCHKA

Nicht, dass ich eine große Leuchte in Wahrscheinlichkeitsrechnung wäre, aber da London neun Millionen Einwohner hat und du nur ein Wochenende dort verbracht hast, dürften die Chancen, dass du dabei ausgerechnet auf Terence triffst, doch ziemlich gering gewesen sein.

COLOMBE

Wir kennen dich, Raphaëlle ...

RAPHAËLLE

Wie, ihr kennt mich? Was soll denn das heißen?

COLOMBE

Das soll heißen, dass du nicht gerade die Dümmste von uns bist, und dass du deine Nase gern in die Geheimnisse von anderen steckst.

RAPHAËLLE

Ich?

COLOMBE

Ja, du.

RAPHAËLLE

Ich!

ANOUCHKA

Samstag hast du behauptet, du hättest meinen Vater mit seinem Freund gesehen.

RAPHAËLLE

Ich schwöre dir, dass es stimmt. Ich war mit meinem schwulen Cousin unterwegs, David, und wir wollten gerade in dieses Café im Marais hineingehen, als sie herausgekommen sind.

ANOUCHKA

Ich will ja gar nicht sagen, dass es nicht stimmt, ich vermute bloß, dass du, wie es für dich typisch ist, zuvor deine Nachforschungen angestellt hast und absichtlich in dieses Café gegangen bist.

RAPHAËLLE

Na und? Was spielt das für eine Rolle? Ich habe dir deinen Vater doch nicht weggenommen. Und ich habe Julia ihren Terence nicht gestohlen. Ich habe nichts Gemeines gesagt, weder über Terence noch über deinen Vater noch über seinen Freund, der übrigens ein ziemlich gutaussehender Typ ist. Warum muss ich mich jetzt vor euch rechtfertigen?

ANOUCHKA

Stimmt das, sieht er wirklich gut aus, der Freund von meinem Vater?

*

Colombes Tagebuch

Ich habe mit Hugo geschlafen.

Ja, ich weiß, mein Verhalten ist unlogisch, weil ich in Lucas verliebt bin und Mehdi offiziell hinter mir her ist.

Das ändert aber nichts daran, dass ich es getan habe.

Es hat nichts zu bedeuten. Beziehungsweise doch, ein erstes Mal hat eine Menge zu bedeuten; aber Hugo bedeutet mir nichts.

Ich kenne Hugo seit dem Kindergarten, wir sind zusammen in die Grundschule gegangen, er ist fast so etwas wie ein Bruder für mich.

Obwohl er jetzt auf eine Fachoberschule mit technischem Schwerpunkt geht, treffen wir uns immer noch ab und zu. Natürlich war mir schon aufgefallen, dass er sich ziemlich herausgemacht hat, dass er ein Meter fünfundachtzig groß ist, Schuhgröße 46 hat und bei den Mädchen gut ankommt; und ja, er hatte mir auch von seinen vorherigen Erfahrungen mit Olivia und Stéphanie erzählt, aber trotzdem war er für mich weiterhin der kleine Junge, den ich mal gekannt habe, und ich habe gedacht, dass zwischen uns wegen unserer gemeinsam verbrachten Kindheit in sexueller Hinsicht niemals was laufen könnte.

Deswegen habe ich auch nichts geahnt; ich habe ihn an dem Nachmittag mit in mein Zimmer genommen, wir haben uns auf die Bettdecke gelegt und uns gegenseitig von unseren Abenteuern, Träumen, Wünschen und Enttäuschungen erzählt. Wir haben uns ein bisschen übereinander lustig gemacht, haben gelacht, sind auf dem Bett herumgerollt. Dann hat er mich auf den Hals geküsst. Ich habe losgeprustet und protestiert, dass wir keinen Quatsch machen sollten, dann habe ich an seinem Ohrläppchen geknabbert. Seine Lippen haben meine gesucht, anfangs schüchtern, aber dann habe ich ihn ermuntert, so dass er mutiger geworden ist, und ich weiß noch, wie mir in dem

Moment durch den Kopf geschossen ist, dass wir da gerade in irgendwas hineinschlittern …

Da war es schon zu spät …

Wir haben die ganze Zeit gelacht. Vielleicht, um uns weiszumachen, das Ganze sei nur ein Scherz. Vielleicht diente das Gekicher auch dazu, uns mit unserer Vergangenheit zu verbinden, während wir uns gleichzeitig in eine unbekannte Gegenwart hineinwagten.

Es ist also passiert. Ich habe geblutet, aber es hat nicht weh getan. Hugo war super, sehr lieb, großzügig, aufmerksam und besorgt, damit mein erstes Mal mir in guter Erinnerung bleiben würde.

Heute beim Abendessen war ich erschöpft und glücklich und habe wie eine Katze geschnurrt, bis meine Eltern angefangen haben, sich über mich lustig zu machen:

»Na, Colombe, bist du verliebt?«

Zu meiner Verwunderung hörte ich mich erwidern:

»Eigentlich nicht …«

Das ist die Wahrheit: Ich liebe Hugo nicht, Lucas ein bisschen, Mehdi ein ganz klein wenig, aber ich genieße es, eine Frau zu sein.

Vier Uhr morgens. Meine Begeisterung ist verschwunden.

Da mein erstes Mal nicht geplant war, haben weder Hugo noch ich an Verhütung gedacht.

Ich habe Angst, schwanger zu werden.

Anouchkas Tagebuch

Ich habe Gaspard kennengelernt, Papas Freund.

Supernett, cool, entspannt, wirklich attraktiv. Er hat einen schönen roten, runden Mund. Bin mir sicher, dass er meinen Freundinnen gefallen wird.

Dad ist anders in seiner Gegenwart, er wirkt aufgeregt, nervös, sehr vorsichtig und verwundert, so wie damals an Weihnachten, als ich zehn Jahre alt war und er sich um die Katzenkinder gekümmert hat, die Moumoune bekommen hatte.

Es hat nicht lange gedauert, da haben wir zusammen gelacht, und es wurde ein fröhliches, lebhaftes, warmherziges Mittagessen.

Beim Nachtisch gab es dann diesen einen Moment, der mich durcheinandergebracht hat: Als Dad Gaspard an eine Anekdote erinnern wollte, hat er seine Hand genommen. Dann haben sie einander mindestens dreißig Sekunden lang nicht mehr losgelassen. Es hat mir den Atem verschlagen – das habe ich allerdings erst gemerkt, als ihre Hände sich wieder gelöst hatten und ich wieder Luft holte.

Dad hat Mama nie gestreichelt und auch sonst niemanden. Immer nur mich.

Colombes Tagebuch

Uff, ich bin gerettet!

Ich habe mich spontan Marie anvertraut, der Freundin von Augustin, die letztes Jahr schwanger gewesen ist.

Sie hat mich sofort zur Krankenstation der Schule mitgenommen, wo Madame Finnois mir, ohne mich auszufragen, die *Pille danach* gegeben hat.

Problem gelöst! Eine Frau werden, wollte ich gern; Mutter werden nicht. Außerdem hätte eine Schwangerschaft dieses private Ereignis für alle sichtbar gemacht; meine Freundinnen hätten erfahren, was ich ihnen im Moment noch verheimliche; Lucas und Mehdi hätten mich für hirnlos gehalten, und vor allem hätte sich in den Augen meiner Eltern meine Freude in Dummheit und meine Freiheit in einen Irrtum verwandelt. Zwar bin ich in sexueller Hinsicht mündig, aber ich hätte mich erst einmal wieder rehabilitieren und ihre Kritik an meiner Unreife aushalten müssen.

Die einzige Freundin, der ich mich anvertrauen werde, ist Julia: Sie kennt diese Gefühle.

Raphaëlles Tagebuch

Ich bin total durcheinander: Terence hat mir eine E-Mail geschrieben.

Nicht genug, dass er sich für mich interessiert, er hat sich sogar die Mühe gemacht, meine Adresse herauszufinden.

Soll ich Julia etwas davon sagen? Seit meinem Trip nach London zeigt sie mir die kalte Schulter.

Falls er meine Adresse von ihr hat, würde es ziemlich blöd aussehen, wenn ich nichts sage. Oder hinterhältig …

Was soll ich tun?

Ich entscheide das später. Jetzt schreibe ich erstmal zurück.

»Romeo, Romeo, warum bist du Romeo?«

Dass ich die Julia spiele, führt dazu, dass ich mir unglaublich viele Fragen stelle. Warum Romeo? Warum Julia?

Sie waren frei, bis sie sich Knall auf Fall ineinander verliebt haben; sobald sie das erkennen, ist es mit der Freiheit vorbei.

Die Liebe lässt uns keine Wahl, die Liebe wählt uns aus. Die Leidenschaft bricht über Julia und Romeo herein, wie ein Mensch sich mit einem Virus ansteckt. Sie ist etwas, das von außen kommt, sich in ihnen ausbreitet, sich einnistet, gedeiht und sich entwickelt. Diese Leidenschaft ist etwas, das ihnen widerfährt, sie winden sich im Fieber, fantasieren, wehren sich nicht gegen die Plage, bis sie am Ende daran sterben.

Das romantische Theaterstück *Romeo und Julia* ist in Wirklichkeit ein klinischer Bericht, das Protokoll einer Krankheit, in dem ich die allererste Patientin verkörpere.

Ich frage mich, ob ich mich nicht vielleicht deshalb auf die Rolle gestürzt habe, um mich zu impfen. Je mehr ich mich mit ihr identifiziere, umso mehr Antikörper produziere ich. Noch ein paar Anstrengungen, und ich werde immun gegen die Liebe sein.

Ich habe diesen Sommer so sehr wegen Terence gelitten. Ihn zu begehren hat weh getan. Es hat weh getan, besessen zu sein. Es hat weh getan, in seiner Nähe pausenlos nach einer Ruhe zu suchen, die er mir nicht geben konnte, denn je entgegenkommender, bemühter, zärtlicher er sich gezeigt hat, umso angespannter, ärgerlicher, verrückter, abhängiger, vergifteter fühlte ich mich anschließend, wenn ich wieder allein war. Was meinen Frust eigentlich hätte aufheben müssen, hat ihn nur noch weiter angestachelt.

Ich bin ganz schön von meinem hohen Ross heruntergepurzelt! Immer habe ich mich für außergewöhnlich gehalten, aber als ich ihm gegenüberstand, musste ich feststellen, wie gewöhnlich ich bin. Ein Mädchen wie die anderen. Genauso blöd wie die restliche Herde. Noch dümmer sogar …

Dafür habe ich Terence ebenso sehr gehasst, wie ich ihn angehimmelt habe. Er hat mich nicht nur fasziniert, sondern mir auch etwas Schreckliches vor Augen geführt – meine eigene Mittelmäßigkeit.

Und wenn ich daran denke, dass jetzt Raphaëlle für ihn schwärmt …

Meine Raphaëlle, lerne, dass es Tausende von Terences gibt, Millionen, weil wir es sind, wir Mädchen, die sie erschaffen, weil wir dem Bazillus eines Blicks erlauben, in uns einzudringen; und dann nimmt die Krankheit ihren Lauf, und wir verlieren unsere Zurechnungsfähigkeit, weil wir dem Jungen Vorzüge oder Verdienste zuschreiben, die er in Wirklichkeit gar nicht besitzt, indem wir uns einreden, unser Glück, unsere Rettung sei nirgendwo anders zu finden als in seinen Armen.

»Romeo, Romeo, warum bist du Romeo?«

Weil die Julias wissen, wie man Romeos erschafft.

Ja, ich bin ungerecht, aber ich kann nicht anders: Ich greife meine Mutter von allen Seiten an.

Es vergeht kein einziger Tag, an dem wir nicht in widerwärtigen Szenen aneinandergeraten.

Sie hat mir Vorwürfe gemacht, weil ich Dads Freund getroffen habe. Da bin ich zum Angriff übergegangen:

»Dad ist mein Vater und er wird immer mein Vater bleiben. Und deshalb interessiere ich mich für sein Leben.«

»Das ist nicht wahr. Du willst doch nur sein kleines verhätscheltes Mädchen bleiben.«

»Und du, warum hast du nicht versucht, seine kleine verhätschelte Frau zu bleiben?«

»Für den Fall, dass du es nicht bemerkt hast, Anouchka, die Geliebte deines Vaters ist ein Mann. Es gibt Rivalen, gegen die man nicht antreten kann.«

»Sehe ich anders! Du hättest seine kleine verhätschelte Frau bleiben können, vielleicht sogar noch mehr.«

»Wie stellst du dir das vor? Eine Dreiecksbeziehung?«

»Ich stelle mir vor, dass du ihm nicht das Leben hättest schwermachen müssen, indem du ihn zwingst, sich eine neue Bleibe zu suchen. In den letzten Jahren ist aus Dad ein Zombie geworden. Wenn du neulich dabei gewesen wärst, als ich ihn wiedergesehen habe, hättest du festgestellt, dass er entspannter ist, jünger aussieht, besser in Form ist als jemals zuvor.«

»Kein Wort mehr, Anouchka, oder ich geh dir an die Gurgel.«

»Er strahlt, weil er verliebt ist, hörst du mich, er ist verliebt! Sieh dich mal an, los, sieh dich an: Jeder kann sehen, dass du es nicht bist.«

Anstatt mich umzubringen, ist sie weinend in ihrem Zimmer verschwunden und hat sich eingeschlossen. Als ich gesehen habe, was mein Bruder für ein Gesicht zieht, musste ich mir eingestehen, dass ich zu weit gegangen bin, aber da war es bereits passiert.

Ich hätte ihr viel gelassener erklären sollen, was ich denke. Wir, die jungen Leute, sehen an den Erwachsenen, dass jedes Gefühl sich irgendwann erschöpft. Wenn ich meine Mutter anschaue, dann sieht es so aus, als ob mit dem Ende einer Beziehung auch die Liebe stirbt: Übrig bleibt nichts als Ernüchterung, die leicht in Hass umschlägt. Dad dagegen zeigt mir, dass eine Leidenschaft stirbt und eine andere geboren wird; er erlaubt mir, an die Liebe zu glauben, auch, wenn sie auseinanderbricht oder sich verwandelt.

Als ich ihm das kurz darauf am Telefon erzählt habe, hat Dad mit mir geschimpft:

»Anouchka, du siehst die Dinge nur aus deiner Perspektive. Anstatt zu verstehen, was deine Mutter durchmacht, ziehst du nur egoistische Lehren aus unseren Schwierigkeiten.«

»Sie leidet doch nur aus Eigenliebe, nicht aus Liebe. Sie ist wütend, weil sie das Gesicht verloren hat.«

»Woher willst du das wissen?«

»Und du?«

Dad fühlt sich schuldig, weil er uns verlassen hat – und weil er glücklich ist –, deshalb neigt er dazu, sich selbst großzügig Fehler um Fehler und meiner Mutter tausend gute Eigenschaften zuzuschreiben.

Ich habe mit meinen Freundinnen darüber gesprochen: So eine Scheidung ist schon eine bizarre Angelegenheit! Derjenige, der geht, findet auf einmal nur noch gute Eigenschaften an der, die ihn in die Flucht getrieben hat. Und diejenige, die mit der Trennung nicht einverstanden ist, erklärt der ganzen Welt, dass sie mit einem Monster zusammengelebt hat.

Raphaëlles Tagebuch

Niemand sieht es, aber mir sind zwei Flügel gewachsen, so dass ich ganz leicht über den Sterblichen schwebe.

Terence lässt nicht von mir ab.

Jeden Tag – was sage ich, mehrmals am Tag – schreiben wir uns. Paris-London. London-Paris.

Das Dilemma, in dem ich feststeckte, löst sich in Luft auf: Terence hat mich beschworen, Julia nichts von unseren Briefen zu sagen.

Ich habe ihm gehorcht. Zum Glück, denn Julia ist inzwischen wieder nett zu mir.

Im Moment entwickelt sich eine Freundschaft zwischen Terence und mir, eine Freundschaft, wie ich sie noch nie erlebt habe, aber ich werde meine Zuneigung trotzdem nicht ungebremst wachsen lassen, ohne zu erfahren, wie es zwischen ihm und Julia aussieht. Ich bin nicht der Typ, der einer anderen den Freund ausspannt.

PS Grausames Detail. Terence möchte ein »hübsches Foto von mir« haben. Katastrophe! Ein hübsches Foto von mir, das gibt es wohl, aber ein Foto, auf dem ich *hübsch aussehe*? Also habe ich dafür gesorgt, dass die Mädels und ich, anstatt vier Stunden lang nutzlos im Balmoral rumzusitzen und heiße Schokolade zu schlürfen, einen spontanen »Model-Nachmittag« veranstalten. Klamotten, Make-up, Fotos, wir hatten viel Spaß, und jede von uns hat mal das Model und mal den Fotografen gespielt. Und was das grausame Detail angeht? Ausgerechnet Julia hat das beste Foto von mir gemacht. Als ich es Terence geschickt habe, hat er mir gleich fünfzehn Zeilen lang Komplimente gemacht! Ist es abartig, dass ich mich darüber freue? Meinetwegen …

Colombes Tagebuch

»Wenn du aufhörst, mein Freund zu sein, bist du es nie gewesen.«

Nicht schlecht, der alte Aristoteles. Im vierten Jahrhundert vor Christus hatten die Griechen noch kein Internet, also haben sie ihre grauen Zellen benutzt.

Ich war so stolz auf meine Entdeckung, dass ich den Mädchen vorgeschlagen habe, gemeinsam über den Spruch nachzudenken, aber sie sind rasch wieder davon abgekommen, weil sie ihn auf die Liebe angewendet haben.

»Wenn du aufhörst, mich zu lieben, hast du mich nie geliebt.«

Sofort haben wir eine Liste erstellt mit allen Paaren, die es in unseren Familien gibt, mit allen Eltern und Großeltern, um die Liebesbeziehungen herauszufiltern, die beständig sind. Ziemlich magere Ausbeute!

Mit den Eltern brauchten wir uns nicht lange aufzuhalten: Die letzten, die ausgehalten haben, waren Anouchkas Eltern, und die haben sich gerade getrennt.

In der Generation davor wird es ein bisschen komplizierter. Viele Witwen, ein paar Trennungen. Raphaëlle ist die Einzige, die einen Großvater und eine Großmutter hat, die noch zusammen sind, aber die Großmutter leidet schon seit Jahrzehnten an Alzheimer, erkennt niemanden mehr, spricht kein Wort, und der Großvater kümmert sich hingebungsvoll um sie.

»Das ist toll«, hat Anouchka gerufen.

»Ja«, hat Raphaëlle erwidert, »aber ob man sie deshalb zu den beständigen Paaren zählen kann … Sie taucht nur noch selten aus ihrem Dämmerzustand auf, hat keine Erinnerungen mehr, äußert keine Gefühle.«

»Ich war mir nicht sicher, ob ich dir das sagen soll«, hat Julia ihr zugestimmt. »Deine Großmutter ist längst woanders … Und wer beweist uns, dass dein Opa sie nicht schon verlassen hätte, wenn er es nicht als seine Pflicht ansehen würde, sich um sie zu kümmern?«

»Die meisten Männer ergreifen in solchen Fällen die Flucht«, habe ich eingeworfen, weil ich an Mamas Freundinnen gedacht habe, die von ihren Partnern verlassen worden sind, als sie Brustkrebs hatten.

»Mein Opa ist geblieben, da habt ihr recht«, hat Raphaëlle bestätigt. »Aber ist er aus Liebe oder aus Pflichtgefühl geblieben? Zu seiner Zeit bedeutete eine Heirat, sich moralisch zu verpflichten.«

Um es kurz zu machen, wir konnten uns auf kein einziges Paar einigen, das unzweifelhaft zusammengeblieben ist.

Wir konnten es kaum fassen. Julia nahm das als Anlass, ihren Pessimismus weiter zu kultivieren, meine Reaktion war, dass ich nichts dagegen einzuwenden habe, mehrere Liebesgeschichten hintereinander zu erleben. Raphaëlle hat laut »Joker!« gerufen, und nur Anouchka will sich nicht entmutigen lassen: Sie hat uns versprochen, dass sie das, was ihren Eltern misslungen ist, schaffen wird.

Welche von uns Vieren wohl glücklich werden wird?

Um wieder auf andere Gedanken zu kommen, sind wir bei Raphaëlle auf den Dachboden gestiegen, der zum Heimkino ausgebaut ist, haben uns eine herrlich hirnlose romantische Komödie rausgesucht, die wir schon sechs Mal gesehen haben, uns eine Ladung Taschentücher geschnappt und den Tränen freien Lauf gelassen. Wir wissen ganz genau, dass dieser Film ein einziges Lügenmärchen ist, aber dieses Märchen gefällt uns nun mal …

Raphaëlles Tagebuch

Ich habe Terence angefleht, mir von seiner Beziehung zu Julia zu erzählen. Er hat mir Folgendes geantwortet:

»Meine Beziehung zu Julia wird so sein, wie Du sie haben möchtest.«

Ich habe ihm sofort zurückgeschrieben, dass ich diese Verantwortung nicht übernehmen will.

Terence hat sich aber nicht davon abbringen lassen:

»Die Entscheidung liegt bei Dir.«

»Niemals! Ich werde meine Freundin nicht verraten.«

»Ich habe Julia diesen Sommer geliebt. Aber seit ich

Dich kenne, bin ich mir nicht mehr so sicher: Das war nur ein Ferienabenteuer.«

»Sicher?«

»Du entscheidest.«

»Nein, Du.«

»Du!«

»Wenn Du mir die Entscheidung überlässt, bedeutet das, dass Du Dich in Wirklichkeit bereits entschieden hast.«

»Ach ja?«

»Ja.«

»Und Du, wie lautet Deine Entscheidung?«

»Ich liebe Dich.«

»Ich Dich auch.«

Colombes Tagebuch

Ich beobachte sie in der Kantine, beim Kuchenessen, im Café. Sie starrt auf das Essen, schiebt es mit dem Besteck hin und her, damit es so aussieht, als würde sie etwas zu sich nehmen, und bietet dann unauffällig den anderen an, ihre Portion aufzuessen.

Anouchka wird immer dünner.

Vorhin im Balmoral, als sie gerade heimlich einen Keks unter ihrem Stuhl zerkrümelt hat, habe ich sie darauf angesprochen. Sie hat es vehement abgestritten und mir wutentbrannt verkündet, unsere Freundschaft sei für sie beendet.

Ich habe Colombe angefleht, mir zu verzeihen.

Endlich interessiert sich mal jemand für mich, und ich beiße zu!

Dad hat mich wieder beruhigt. Nachdem ich mit Colombe aneinandergeraten war, bin ich gleich zu ihm gerannt – bzw. in Gaspards Wohnung – und habe angefangen zu heulen.

Er ist mit mir in sein Zimmer gegangen, und wir haben über mein Verhalten gesprochen. Er hat mir erklärt, dass ich nicht mehr essen will, um ein Kind zu bleiben, aus Hass auf die Welt der Erwachsenen, aus Angst vor der Sexualität. Doch selbst, wenn ich mich auf dreißig Kilo runterhungerte, würde es mir weder gelingen, wieder zehn Jahre alt zu werden, noch würde ich damit erreichen, dass aus meinem Vater und meiner Mutter wieder ein Paar würde. Ich muss essen und mich weiterentwickeln, reifer und klüger werden. Viele schöne Dinge erwarten mich in der Zukunft, noch schöner als vorher.

Danach haben wir alle drei zusammen zu Abend gegessen – er hat bei Mama angerufen, um ihr Bescheid zu sagen, aber die hat am anderen Ende bloß geschwiegen, so herzlich wie eine Bulldogge –, und danach haben wir uns auf dem riesigen Bildschirm, den sie in ihrer Wohnung haben, eine Oper angeguckt.

Ich würde gerne mit Dad und Gaspard zusammenleben.

*

Nachrichten, die sich Colombe, Raphaëlle, Julia und Anouchka untereinander schreiben

COLOMBE

Mädels, Marie hat mich gerade eben angerufen: Sie ist schwanger.

JULIA

Marie, die Freundin von Augustin?

COLOMBE

Ja! Es ist ihre zweite Schwangerschaft.

JULIA

Und da wendet sie sich an dich? Wieso?

COLOMBE

Das tut nichts zur Sache, Julia. Ich habe euch gerade gesagt, dass Marie wieder ein Baby in ihrem Bauch trägt.

RAPHAËLLE

Nimmt sie denn nicht die Pille?

COLOMBE

Nein. Augustin ist für die Verhütung zuständig.

JULIA

Na, du weißt ja wirklich alles ...

COLOMBE

Ich habe sie einfach gefragt.

RAPHAËLLE

Unglaublich, dass Marie Augustin vertraut, nach dem, was letztes Jahr passiert ist. Wie oft will sie denn noch abtreiben?

COLOMBE

Ich finde dich nicht besonders mitfühlend.

RAPHAËLLE

Ich kann nicht nachvollziehen, dass jemand so die Kontrolle verliert.

JULIA

Bis es dir irgendwann einmal selbst passiert.

RAPHAËLLE

Ach komm, das ist unfair.

ANOUCHKA

Mädchen, hört auf, euch anzuzicken! Wie können wir Marie helfen?

COLOMBE

Zu ihr stehen. Ihr zeigen, dass wir für sie da sind.

RAPHAËLLE

Wie hat Augustin reagiert?

COLOMBE

Als Marie ihm von dem Schlamassel erzählt und ihm gesagt hat, wann sie den Termin im Krankenhaus hat, hat er seinen Helm genommen, ist auf seine Vespa gestiegen und weggefahren.

ANOUCHKA

Er schämt sich bestimmt in Grund und Boden.

RAPHAËLLE

Ja, ganz bestimmt! Treffen in einer Stunde im Balmoral, um darüber zu reden?

COLOMBE

Ja!

ANOUCHKA

Das geht!

JULIA

Dann kommt Augustin am Freitag wohl nicht zum Theaterkurs?

*

Colombes Tagebuch

Die Dinge um mich herum werden immer komplizierter …

Mehdi legt sich richtig ins Zeug, und seine Entschlossenheit gefällt mir.

Von Lucas aus Brüssel kommen immer zärtlichere Nachrichten, als würde er eine Konkurrenz wittern.

Was soll ich tun?

Nicht so wichtig, denn dank meinem ersten Mal mit Hugo bin ich bereit! Ob für Lucas oder Mehdi, ich bin bereit …

Ich weiß nicht, was ich will, nur, dass ich mich von niemandem zu etwas zwingen lasse.

Julias Tagebuch

Nichts Neues von Augustin.

Es war dumm von ihm, unterzutauchen, denn jetzt sieht das ganze Lycée in ihm den Schuldigen, ohne dass er sich verteidigen kann, angefangen bei den Lehrern, über die Schüler bis hin zu den Eltern; es heißt, er sei ein Rüpel, ein Sadist, ein Egoist, ein Macho und ein Dummkopf, und es gibt auch noch vulgärere Bezeichnungen, die ich hier lieber gar nicht aufschreibe. »Sei du so keusch wie Eis, so rein wie Schnee, sollst der Verleumdung nicht entgehen.«

Es stimmt schon, wenn man die zierliche Marie sieht, mit dem Engelsgesicht und dem hellen Haar, deren Handgelenke und Knöchel schmaler sind als die eines Kindes, wie sie mit feuchten Augen allein und verloren durch die Gänge des Lycée Marivaux irrt, dann möchte man den Brutalo schlagen, der dafür verantwortlich ist, dass diese schwache Kreatur sich ins Krankenhaus begeben muss, um dort zum zweiten Mal eine Abtreibung vornehmen zu lassen.

»So wilde Freude nimmt ein wildes Ende, und stirbt grad im Triumph wie Feuer und wie Pulver, die sich im Kuss verzehren.«

Wo versteckt er sich bloß? Nachdem er Marie alleingelassen hatte und nach Hause gefahren war, sah Augustin sich mit seinen wütenden Eltern konfrontiert, die ihn, durch Maries Eltern bereits informiert, wüst beschimpft haben.

Er hat kein Wort gesagt, sondern ist wieder auf seine Vespa gestiegen und hat Gas gegeben. Seitdem gibt es kein Lebenszeichen von ihm, außer an Marie, die Entschuldigungen und Liebesbotschaften von ihm erhalten hat.

Eigentlich hat er damit gar nicht so ungeschickt reagiert, denn nun machen seine Eltern sich Sorgen, anstatt sich weiter aufzuregen. Sobald Augustin wieder auftaucht, werden sie alles, was war, vergessen und ihn mit offenen Armen empfangen. Den Trick muss ich mir merken …

Aber trotzdem! Er wird morgen, wenn Marie ihre Abtreibung hat, nicht da sein. Weil sie nicht will, dass ihre Eltern mitkommen, die Augustin wie den letzten Dreck behandelt haben, wird Colombe sie begleiten und ihre Hand halten.

Seltsam, diese Nähe zwischen Colombe und Marie … Ich frage mich, was dahintersteckt.

Heute Morgen habe ich Augustin geschrieben, um ihm zu sagen, dass ich ihn nicht verurteile und dass er mich als seine Freundin betrachten kann. Bisher keine Antwort.

Warum habe ich das gemacht?

Ich ertrage es nicht, wenn alle gegen einen sind, sofort verspüre ich den Drang, mich von der allgemeinen Meinung zu distanzieren. Als ich Anouchka von diesem Reflex erzählt habe, hat sie gemeint, das würde doch auf eine Berufung zur Anwältin hindeuten. »Oder zur Verbrecherin!«, habe ich erwidert.

Ich mag Augustin, oder vielmehr mag ich bestimmte Eigenheiten an ihm, sein Lächeln, seine kräftigen Hände, seine unglaublich schön geschwungenen Augenbrauen, und, auch wenn ich das ungern zugebe, seinen flachen Bauch – flacher als flach, nach innen gewölbt, als wäre sein Bauchnabel mit einem Knopf an der Wirbelsäule befestigt. Dafür hat er ziemliche Hängeschultern, aber das ist mir egal … Diese Höhle unterhalb der Rippen erscheint mir sehr sexy.

Mir liegt was daran, dass er zurückkommt und wieder zu den Theaterproben erscheint. Wie soll ich die Julia spielen, wenn man mir meinen Romeo wegnimmt?

Raphaëlles Tagebuch

Ha, das gab es noch nie – meine Eltern flippen aus! Ich baue Mist, habe kein Ziel, enttäusche. Da es mir schwer fällt, mich für Kameruns Bruttoinlandsprodukt, Zellteilung oder den Modus des deutschen Konjunktivs zu interessieren, der im Französischen entweder durch den Subjonctif oder das Conditionnel ausgedrückt wird, habe ich die Rolle der Musterschülerin, die stets die besten Noten nach Hause bringt, abgestreift – seit zwei Wochen hat Julia mich überholt, und ich konkurriere stattdessen mit Colombe in Sachen Dilettantismus.

Ich hatte schon befürchtet, das würde nie passieren …

Was?

Dass ich wie verhext bin. Mich nicht mehr konzentrieren kann. Alles überflüssig und lächerlich finde, bis auf meine Liebe.

Ich gönne der früheren Raphaëlle mal Ferien. Die perfekte Tochter hat das Feld geräumt, zurückgeblieben ist ein ganz normales Mädchen.

Ich fühle mich mehr und mehr als Frau.

Danke, Terence.

Das Einzige, was mich stört, ist, dass ich weder mit Colombe noch mit Anouchka darüber reden kann. Wenn ich ihnen von unserer Beziehung und unseren E-Mails, kurz, von unserer Liebe erzählen würde, wären sie empört und würden sofort alles Julia erzählen.

Dennoch bin ich davon überzeugt, dass ich niemandem etwas gestohlen habe: Terence hatte sich schon, ehe ich aufgetaucht bin, von Julia entfernt, das hat er mir versichert. Wenn ich ihn bitte, die Situation zu bereinigen, verspricht er es mir, fügt aber hinzu, dass wir noch etwas Zeit verstreichen lassen müssen, damit Julia darüber hinwegkommt.

Julia benimmt sich im Übrigen merkwürdig … Nachdem sie uns die Nachricht, sie habe mit Terence geschlafen, vor die Füße geschleudert hat, tut sie so, als wären sie noch immer zusammen und als würde sich ihre Beziehung trotz der Entfernung weiter festigen. Unter normalen Umständen hätte ich meine eigene kleine Ermittlung angestellt und versucht, Informationen oder Geständnisse herauszubekommen; aber jetzt halte ich es für besser, mich ruhig zu verhalten.

So eine heimliche Liebe ist quälend, weil man jede Sekunde Lust hat, sein Glück in die Welt hinauszuschreien.

Danke, Terence, du hast einen anderen Menschen aus mir gemacht. Ich bin so glücklich, ich könnte durchdrehen.

*

Nachrichten, die sich Colombe, Julia, Raphaëlle, Anouchka untereinander schreiben

COLOMBE

Mädels, ich kann es nicht glauben: Augustin hat eine Autowerkstatt angezündet.

JULIA

Wie bitte?

COLOMBE

Letzte Nacht hat er eine Renault-Werkstatt in Rueil mit Benzin übergossen, ein Streichholz reingeworfen und sich auf eine Bank gesetzt. Als die Feuerwehr da war, ist er einfach sitzen geblieben. Es war zu spät, um das Gebäude noch zu retten, und die Autos waren schon verkohlt. Es soll ein Schaden von vier Millionen entstanden sein.

ANOUCHKA

Wo ist er?

COLOMBE

Auf der Polizeiwache. Als einer von den Feuerwehrmännern, die gegen die Flammen kämpften, ihn aufgefordert hat, sich vom Feuer zu entfernen, hat er geantwortet, er würde sein Werk betrachten. Da hat der Hauptmann ihn der Polizei übergeben. Augustin hat gestanden, den Brand gelegt zu haben. Sie haben ihn verhaftet.

RAPHAËLLE

Ich verstehe das nicht. Augustin, ein Brandstifter? Ein Randalierer? Er ist der letzte Junge, den ich für aggressiv gehalten hätte.

COLOMBE

Geht mir genauso.

ANOUCHKA

Mir auch.

JULIA

Von wem weißt du das alles, Colombe?

COLOMBE

Von Marie ... Sie ist total am Ende. Es kommt ihr so vor, als wäre von einem anderen Augustin die Rede, als dem, den sie kennt.

*

Anouchkas Tagebuch

In jeder vertrauten Person versteckt sich ein Fremder, der jederzeit hervorspringen kann.

Aus meinem Vater ist plötzlich ein Liebhaber geworden, der einen Mann begehrt. Aus meiner Mutter ein Drachen. Aus Augustin ein Straftäter. Voll spukig …

Ich fürchte mich davor, was eines Tages aus mir werden könnte.

Man meint sich zu kennen, dabei nimmt man bloß eine

schemenhafte Silhouette in der Ferne wahr. Eine Annäherung scheint riskant zu sein. Unsere äußere Erscheinung und bisherige Geschichte sind ein Wandschirm, hinter dem das Unbekannte lauert.

Ich hatte gehofft, wenn ich älter werde, immer mehr ich selbst zu werden. Aber was, wenn ich eine Andere werde?

Raphaëlles Tagebuch

Terence und ich haben gemeinsam – so gut das über die Entfernung hin eben geht – überlegt, was es sonst noch für Fälle gab, in denen Jugendliche sich zu spektakulären Straftaten entschlossen haben, sei es Raub oder Brandstiftung, bis hin zu jenen Massakern mit Handfeuerwaffen in den Vereinigten Staaten oder in Norwegen …

Kein Fall passt zu dem von unserem guten alten Augustin. Er hatte keine politische Überzeugung, keinen Kontakt zu irgendwelchen extremistischen Gruppierungen; er war weder ein Außenseiter noch vereinsamt, schließlich ist er ja seit drei Jahren mit Marie zusammen.

Unvorstellbar. Unlogisch. Er hätte das nicht tun dürfen.

Colombes Tagebuch

Augustin muss nicht ins Gefängnis. Mit siebzehn ist er noch minderjährig, ein Gericht wird ihn wahrscheinlich zu einer Jugendstrafe verurteilen.

Das Seltsamste ist, dass er nichts leugnet: Er bekennt sich dazu.

Julias Tagebuch

Dass Augustin sich zu dem Anschlag auf die Autowerkstatt bekennt, ist nicht seltsam, sondern der Schlüssel.

Ich bin die Einzige, die versteht, warum er das getan hat. Soll ich es den anderen sagen?

Anouchkas Tagebuch

Meine Mutter! Ich habe einen schwulen Vater, eine schwangere Freundin, ein Kumpel von mir ist in Haft, die Mehrheit meiner Freunde nimmt jeden Samstag Drogen oder schüttet sich mit Alkohol zu, und meine Mutter brüllt mich an, weil ich einen Fleck auf meiner Jeans habe. Ich könnte mich erschießen! Ich werde niemals eine Familie gründen …

Colombes Tagebuch

Turbulente Woche. Ich hatte das Gefühl, nicht eine, sondern mehrere Personen zu sein.

Ich habe mich doch auf Mehdi eingelassen. Da mein Vater und meine Stiefmutter im oberen Stockwerk wohnen und sich, wie alle alten Leute, um elf Uhr abends vor Müdigkeit nicht mehr auf den Beinen halten können, habe ich das ausgenutzt und Mehdi hereingelassen. Wir haben mehrere Nächte zusammen verbracht.

Am ersten Morgen habe ich Mehdi rausgeworfen, mein

total zerknittertes T-Shirt übergezogen, meine Haare verwuschelt, die Ringe unter meinen Augen noch betont und schniefend vor mich hin gejammert, wie schlecht ich mich fühle. Die Eltern haben mir meine Lüge nicht nur geglaubt, sie haben mich sogar bemitleidet und angeordnet, dass ich zu Hause bleibe und mich ausruhe. Zum Totlachen …

In der Schule dagegen konnten Mehdi und ich die Wahrheit nicht länger als ein paar Stunden für uns behalten. Die Mädchen haben Verdacht geschöpft – bestimmt, weil sie an Julia gedacht haben –, und dann hat die Neuigkeit schneller die Runde gemacht als ein Neutron im Teilchenbeschleuniger – man sieht, ich mache meine Physik-Hausaufgaben, nicht wahr? Gut, Mehdi ist vielleicht kein Hauptgewinn in Sachen Schönheit, aber es leugnet auch keiner, dass er Charme hat – ich genauso wenig – und eine männliche Ausstrahlung – sehe ich genauso! So oder so, er sagt, dass er von mir total hingerissen ist.

An meiner Beziehung mit Mehdi liebe ich, dass ich diejenige bin, die die Zügel in der Hand hat. Da ich nur mäßig verliebt bin und außerdem finde, dass er Lucas nicht das Wasser reichen kann, verhalte ich mich in seiner Gegenwart eher zurückhaltend, während er so verrückt nach mir ist, dass er sich begeistert und rückhaltlos hingibt. Einmal ist er vor lauter Gefühl in meinen Armen fast ohnmächtig geworden. Was für eine Angst! Was für ein köstliches Vergnügen! Dass solch ein Riese sich von einer zierlichen Person wie mir vollkommen überwältigen lässt … Es gefällt mir, wie er mich anhimmelt. Es macht mir Spaß, ihm das eine Mal zu geben, was er sich wünscht, und es ihm beim nächsten Mal zu verweigern. Es fühlt sich toll an, dass ich zwar Lust habe, ihn aber nicht unbedingt brauche. Ich genieße es, dass ich wie eine Königin über ihn verfügen kann.

Zur gleichen Zeit – man sollte es nicht glauben – erfahre ich von Lucas aus Brüssel, dass er Vanessa verlässt. Ich weiß nicht, was ich davon halten soll: Ist das seine Reaktion, weil er Antennen besitzt, die ihm meine Gefühle verraten? Will er mich daran erinnern, dass ich nicht in Mehdi verliebt bin? Fordert er mich auf, mich für ihn aufzusparen? Oder ist das alles nur Zufall?

Einen Vorteil hat die ganze Verwirrung: Anstatt vor Freude in die Luft zu springen, habe ich ihm nur eine kurze, nüchterne Nachricht geschickt und mich erkundigt, wie es ihm und Vanessa nach diesem Schock denn gehe. Weniger aufgeregt geht's ja wohl nicht.

Davon abgesehen habe ich mich gefreut, die blöde Kuh im Laufe der Woche in all ihren verschiedenen Zuständen anzutreffen. »Ein wenig leiden zeigt viel Liebe, doch zu viel Leid ist schon ein wenig dumm«, würde Julia sagen – oder vielmehr Shakespeare.

Die wenige Zeit, die noch übrig war, habe ich Marie gewidmet. Sie hat ihre Abtreibung schon vergessen und macht sich nur noch Sorgen um Augustin, den sie nicht sehen darf, und der auf jede ihrer Nachrichten mit den drei gleichen Worten antwortet: »Ich liebe dich.«

Worin zeigt sich Augustins Verrücktheit stärker: In dem Brand oder in seiner Liebe?

Beides hat zu Verwüstungen geführt.

Von seinen Eltern einmal abgesehen, bin ich die Einzige, mit der Augustin im Besuchszimmer sprechen wollte. Natürlich werde ich Marie niemals davon erzählen.

Warum er mich vorgezogen hat? Er hatte meine Nachricht gelesen.

Als Marie schwanger geworden ist, haben die Leute Augustin die Schuld gegeben: Wie konnte dieser miese Kerl nur an sein eigenes Vergnügen denken und sich dabei so wenig um seine Partnerin kümmern, dass er sie geschwängert hat? Es hat sich aber gar nicht um einen Unfall gehandelt. Augustin wollte ein Kind mit Marie bekommen. Eine Geburt, so hat er gehofft, würde ihm helfen, gegen das Unheil, das über seiner Familie liegt, anzukämpfen.

Seine beiden Schwestern sind schon im Kleinkindalter an einer Erbkrankheit gestorben, die ihn verschont hat. Daher ist er ein Einzelkind geblieben.

Augustin möchte sich auf die Seite des Lebens stellen, er möchte dem Schicksal etwas entgegensetzen, er wollte seine enge Verbindung zu Marie durch ein Baby besiegeln. Warum hat das nur keiner von denen, die ihn gut kennen, verstanden?

Auf die gegen ihn gerichteten Anschuldigungen und Beschimpfungen hat Augustin nichts erwidert. Dass seine Eltern so heftig reagiert haben, hat ihm vollends das Herz gebrochen. Er hat die Werkstatt angezündet, um denjenigen, die ihn verurteilt haben, zuzurufen: »Ihr haltet mich also für einen Verbrecher? Ihr habt recht: Ich bin ein Verbrecher, und ich beweise es euch.« Er hat sich dafür entschieden, das zerstörerische Bild, das die Leute von ihm haben, zu bestätigen, anstatt sein Inneres und seine Qualen offenzulegen. Er wollte sich auf diese Weise schützen.

Kurz vor Ende unseres Treffens hat er mich gefragt, wie ich es erraten habe. Ich habe geantwortet, dass mir bei unseren Bühnenproben so eine Ahnung gekommen sei, als ich seine Hände betrachtet hätte: Das waren nicht die Hände eines Liebhabers, sondern eines Vaters.

Bei dem Wort »Vater« hat er angefangen zu schluchzen. Schrecklich, mit anzusehen, wie so ein magerer, großer Körper sich vor Weinen schüttelt … Ich habe irgendwas Nichtssagendes verlauten lassen, das ihn trösten sollte, als die Aufpasserin mir angekündigt hat, dass die Besuchszeit gleich zu Ende sei. Als sie mich zum Ausgang begleitete, hat sie verwundert gemurmelt: »Wie haben Sie es geschafft, einen normalen Menschen aus ihm zu machen? Das ist das erste Mal, dass er weint.«

Im Bus zur Schule bin ich froh gewesen, dass ich ihm den wahren Grund für meine Scharfsichtigkeit verschwiegen habe: Es war im letzten Jahr, da habe ich den Aufsatz überflogen, in dem Augustin von seiner Kindheit berichtete.

Andererseits haben die Lehrer ihn ja auch gelesen und seine Eltern ebenfalls … Erinnern sie sich denn wirklich nur noch an die Eins, die er dafür bekommen hat?

Raphaëlles Tagebuch

Katastrophe! Julia fährt nächstes Wochenende nach London, um sich mit Terence zu treffen. Es kam mir so unwahrscheinlich vor – Terence, das ist mein paralleles Leben in einer anderen Galaxie als der, in der ich regelmäßig Julia begegne –, dass ich im ersten Moment kein Wörtchen gesagt habe. Man hätte meinen können, ich hätte nichts gehört.

Als ich wieder zu Hause war, habe ich Terence gefragt, ob er über den Besuch Bescheid weiß und seit wann.

»Seit zwei Tagen«, hat er mir geantwortet.

Julia hat mir allerdings auf dieselbe Frage erwidert: »Seit drei Monaten.«

Es ist genau drei Monate her, dass unsere Affäre angefangen hat! Ich habe das Gefühl, in einem Albtraum festzustecken, aus dem ich nicht herausfinde.

Wer lügt? Wer sagt die Wahrheit?

Diese Fragen haben mich so verrückt gemacht, dass ich neununddreißig Grad Fieber bekommen und mein Abendessen wieder ausgekotzt habe.

Ich hasse mein Leben …

Anouchkas Tagebuch

Das Balmoral, unser Café, ist für mich wie ein zweites Zuhause, fröhlich, laut, chaotisch, das ich mir mit meinen Freundinnen und Kumpels teile. Die Kellner kennen uns, nennen uns bei unseren Vornamen und rufen uns witzige

Sprüche zu, während sie sich zwischen den Tischen hindurchschlängeln. In meiner Vorstellung sind sie die Eltern unserer Gruppe, geduldige, stets verfügbare Eltern, die unsere Zigaretten, unsere Scheingefechte, unser Gerede oder unsere Lachanfälle nicht stören. Eltern, die man mit zwei oder drei Euro zufriedenstellen kann.

Normalerweise gehört die Terrasse uns, während die Erwachsenen sich drinnen zusammenquetschen dürfen. Zu jeder Jahreszeit stellen wir die Stühle so hin, wie es uns gefällt, und die Markise schützt uns vor dem Regen und die Heizpilze vor der Kälte.

Eigentlich bin ich dort immer mit Freunden und Freundinnen, aber jetzt, an diesem Montagmorgen um neun, als ich diese Zeilen schreibe – ich bin vom Sportunterricht befreit –, sitze ich hier ganz allein mit meinem Milchshake und komme mir vor wie eine alte Frau, die an einen Ort ihrer Kindheit zurückgekehrt ist: Die Wände, die Möbel und Gegenstände sind dieselben, sogar die Farben sind unverändert, aber die Atmosphäre fehlt, und nur ein paar Gespenster sitzen an leeren Tischen und nippen an ihren Getränken. Nichts los …

Mich schaudert.

Als ich eben in meinem Tagebuch geblättert habe, ist mir aufgefallen, dass eine Vorhersage von mir tatsächlich eingetreten ist: Ich hatte vorhergesehen, dass nach Julia Colombe an der Reihe wäre, ihr »erstes Mal« zu erleben. Sie und Mehdi haben es getan.

Wenn es nach dieser Vorhersage geht, bin ich jetzt an der Reihe.

Mein Gott, wie weit bin ich noch davon entfernt! Die

Trennung meiner Eltern hat mich total durcheinandergebracht, dann kam noch die wirre Geschichte um Augustin und Marie dazu, so dass ich überhaupt keine Zeit hatte, mich umzusehen, ob es möglicherweise einen Jungen gäbe, der …

Und das ist auch die große Frage: Soll ich mir jemanden aussuchen, der mir gefällt, oder jemanden, dem ich gefalle?

Raphaëlle scheint mir allerdings auch nicht viel weiter zu sein …

Es besteht also noch die Chance, dass es mir gelingt.

Raphaëlles Tagebuch

Freitag hat Julia, vor ihrem Aufbruch nach London, Monsieur Palanquin gefragt, ob wir nicht, um unser Stück zu retten, auf eine frühere Idee zurückgreifen wollen:

»Ich schlage vor, dass Raphaëlle Romeos Rolle spielt.«

Die Jungs haben gleich zugestimmt, und Monsieur Palanquin hat sich zu mir umgedreht.

»Fühlst du dich dazu in der Lage, Raphaëlle? Um die Beleuchtung könnte sich dann Sébastien kümmern, dein Assistent.«

Ob ich mich dazu in der Lage fühle? Fähig wozu? Liebesworte einer Julia vorzusäuseln, die ich verabscheue, weil sie sich mit Terence treffen und versuchen wird, ihn mir wegzunehmen? Sie zu umarmen, mich neben sie zu legen, damit wir Seite an Seite von ein und demselben Jungen träumen? Es gibt nur eine Sache, die ich liebend gern tun würde: Mich in die Gruppe der Requisiteure reinschmuggeln und echtes Gift in die goldene Phiole gießen.

Plötzlich wurde ich mir meiner Niederträchtigkeit bewusst, und da ich unbedingt vermeiden wollte, dass irgendjemand mitbekommt, was für ungereimtes Zeug mir durch den Kopf spukt, habe ich erwidert:

»Ja, klar.«

Mist! Ich habe das genaue Gegenteil von dem gesagt, was ich gedacht habe.

Dann habe ich mich zusammengerissen und richtiggestellt:

»Lassen Sie mich am Wochenende darüber nachdenken, Monsieur. Ich muss überlegen, wie viel Arbeit für mich damit verbunden wäre. Wir schreiben ja auch bald die Abi-Klausur in Französisch.«

Monsieur Palanquin hat eingewilligt, und Julia hat eine Grimasse gezogen, die schwer zu deuten war.

Jetzt, in diesem Augenblick, ist sie bereits mit Terence zusammen. Er hat mir versprochen, Schluss zu machen. Ich warte auf eine Nachricht von ihm und lasse mein Display nicht aus den Augen. Muss sie denn alles bekommen? Terence und die Rolle der Julia? Was für eine Arroganz … Wenn ich daran denke, dass Julia einmal meine beste Freundin war.

Je älter ich werde, umso weniger verstehe ich die Menschen um mich herum. Der hilfsbereiteste Junge der Welt, Augustin, entpuppt sich als Randalierer; wenn ich zu Raphaëlle sage, sie soll endlich zugeben, dass sie in jemanden verknallt ist, verkrampft sie sich; Julia hat sich in ihren Elfenbeinturm zurückgezogen; die Einzige, die anscheinend überhaupt keine Geheimnisse hat, ist Anouchka, aber in ihrem Fall möchte ich ihr das fast schon wieder vorwerfen.

Und was ist mit mir?

Ich bin mir selbst ein Rätsel. Ich verstehe mich nicht.

Seit zwei Wochen stößt mich das, was mich erst an Mehdi angezogen hat, nur noch ab. Seine Aufmerksamkeit, seine Bewunderung, seine bedingungslose Leidenschaft gehen mir auf die Nerven. Und dieses ständige Lächeln, diese langen Mädchenwimpern, diese Lippen, die voller sind als meine ... was ich vorher süß fand, kommt mir jetzt albern vor. Ein bisschen mehr Haltung, bitte! Charakter, in Gottes Namen! Ich will einen Mann, und zwar einen richtigen, keinen Crêpe, der sich vor mir ganz flach macht. Da kann man noch so breitschultrig, behaart und muskelbepackt sein, das ist alles nichts wert, wenn man sich in einer Beziehung wie wabbelige Knetmasse verhält.

Ihn herumzukommandieren macht mir keinen Spaß mehr, sondern es langweilt mich. Hilfe! Soll das etwa schon alles sein, was hinter der Beziehung zwischen einem Mädchen und einem Jungen steckt? Müsste es nicht aufregender sein? Ich wünschte mir, unsere Beziehung wäre schwierig, voller Fallstricke, Blockaden, plötzlichen Meinungsumschwüngen, Listen, Trennungen und Wiedereroberungen. Ich habe schlicht den Anspruch, dass unsere Liebesgeschichte eine richtige *Geschichte* ist, mit abwechslungsreichen Episoden. Stattdessen planschen wir in einem Zustand der Pseudo-Glückseligkeit herum.

»Du bist aber auch nie zufrieden«, war Anouchkas Kommentar dazu.

Doch, zufrieden bin ich schon, aber mit wenig will ich mich eben nicht zufriedengeben.

Ein Lichtblick in dieser Düsternis: Samstagabend sehe ich bei Oscars Geburtstag Lucas wieder. Das wird unsere erste Begegnung, seit er Single ist …

Raphaëlles Tagebuch

Ich bin total verzweifelt.

Nichts Neues von Terence, trotz meiner Nachrichten – ich verbiete mir, sie zu zählen. Also habe ich Julia eine Nachricht geschickt, nach dem Motto »Huhu, hast du ein tolles Wochenende in London?«. Auch von ihr keine Antwort.

Ich rechne mit dem Schlimmsten.

In meinem Gehirn geht es drunter und drüber, die Gedanken überschlagen sich, das reinste Schlachtfeld. Eben hätte ich beinahe an Julia geschrieben: »Ich warne dich: Wenn du dich Terence näherst, dann kannst du es dir abschminken, dass ich den Romeo spiele.« Erst habe ich mich über meine Drohung gefreut, weil ich mir sicher bin, dass es für Julia nichts Wichtigeres gibt als *Romeo und Julia*, aber dann habe ich es mir anders überlegt, weil Julia doch auch weiterhin nicht wissen darf, dass ich Terence kenne. Ich komme einfach nicht an sie ran! Und Terence, womit könnte ich ihm drohen? Was könnte ich ihm wegnehmen? Nichts, nur mich selbst … Aber will er überhaupt etwas von mir wissen? Genau das ist an diesem Wochenende die große Frage.

Ich kann unmöglich zu Oscars Geburtstag gehen, ich würde allen nur die Stimmung verderben. Schade, denn diesmal sind nicht nur meine Freunde aus der Schule da, sondern auch Lucas, der aus Brüssel zurück ist.

Ach, wenn ich an früher denke, versetzt es mir einen Stich. Oscar, Lucas, meine Kumpel und dazu wir vier Mädels, Julia, Colombe, Anouchka, Raphaëlle, vereint wie die Musketiere.

Ein Terence hat ausgereicht, um diese Harmonie zu zerstören.

Früher war ich frei und habe mich amüsiert. Heute Abend heule ich, fluche und bin wütend. Der Typ hat eine Verrückte aus mir gemacht, die im Gefängnis versauert.

Dennoch: Sollte er mir bald mitteilen, dass er Julia den Laufpass gegeben hat, werde ich ihm meine Arme hinhalten, damit er mir Handschellen anlegt.

Anouchkas Tagebuch

Was für eine kleine Teufelin! Gestern Abend bei Oscars Geburtstagsparty hatte Colombe nichts Besseres zu tun, als auf den Balkon zu gehen und Lucas auf den Mund zu küssen.

Ich weiß nicht, wer sie gesehen hat, aber alle wussten schon bald Bescheid. Außerdem wurden beide kurz darauf in der gleichen Position in der Garderobe überrascht.

Mehdi wird es erfahren, weil Colombe nicht nur Freunde hat, und Mehdi dafür umso mehr. Das wird böses Blut geben …

Was will Colombe erreichen? Will sie jetzt, wo sie kein Mädchen mehr ist, die Frau von jedem x-Beliebigen werden?

Ich schäme mich für meine Freundin.

Abgesehen davon habe ich einen Jungen aus der Abschlussklasse kennengelernt, der mich nicht wie Luft behandelt hat, weil ich in der Elften bin, sondern mir Gesellschaft geleistet hat. Was er mir erzählt hat? Keine Ahnung. Ich hatte ein paar Gläser intus und war nicht mehr in der Lage, ihm irgendeine intelligente Antwort zu geben; alles, was er zu mir gesagt hat, habe ich mit einem dümmlichen Lachen kommentiert, und als meine Freundinnen mir erstaunte Blicke zugeworfen haben, habe ich herausfordernd zurückgeglotzt.

Dennoch, diese Abende machen einen ganz schön fertig! Erstens ist man es sich schuldig, zu rauchen – am Anfang fand ich den Rauch eklig, aber mittlerweile kann ich nicht mehr abstreiten, dass eine Zigarette einem eine gewisse Haltung verleiht –, zweitens muss man Wein trinken – davon kriege ich immer sehr schnell Kopfschmerzen –, und man muss tanzen – mich wie ein Wurm zwischen lauter betrunkenen Maden zu schütteln macht mir überhaupt keinen Spaß –, und vor allem muss man gegen die Müdigkeit ankämpfen, um bis zum Morgengrauen durchzuhalten, damit die anderen einen nicht wie ein Baby behandeln.

Wie ich mich inmitten all dieser Anstrengungen, sich zu vergessen – Trance, Lärm, Alkohol, Drogen, Schlafmangel –, selbst finden soll, ist mir zwar schleierhaft, aber ich gebe mir trotzdem alle Mühe, mitzuhalten. Ich fürchte, genau das merkt man mir auch an. Ich bin eine bemühte Partygängerin, eine erbärmliche Nachtschwärmerin, und wenn es mir einfällt, auf einem Foto die Zunge herauszustrecken, ist das schon das Äußerste der Gefühle! Jämmerlich … Ich bin keine von denen, die die Stimmung anheizen, wie Raphaëlle, oder wie Colombe, die die Jungs heißmacht, ich komme mir eher vor wie eine unauffällige, entbehrliche Zugabe, die irgendwo am Rande des Geschehens herumsteht.

Wahrscheinlich übertreibe ich, denn Brice – so heißt er – ist mir nicht von der Seite gewichen. Und der ist immerhin schon in der Zwölften!

Ich habe ihn mit meinem Telefon fotografiert, um ihn Dad und Gaspard zu zeigen. Ich kann mir vorstellen, dass er ihnen gefällt.

Was sonst noch? Ich verbringe mehr und mehr Zeit vor dem Spiegel, um mich an die Fremde zu gewöhnen, in die ich mich verwandle.

Colombes Tagebuch

Ich habe Schluss gemacht.

Bevor Lucas nach Brüssel zurückgekehrt ist, hat er mich angefleht, ihm zu schwören, dass er nicht der Grund für meine Trennung war.

Natürlich hab ich's geschworen. Erstens, weil ich nicht will, dass Lucas glaubt, in meinem Leben die erste Rolle zu spielen. Und zweitens will ich frei für ihn sein. Derzeit diskutieren wir darüber, welche Bedeutung unser Kuss hat, ob er den Schlusspunkt unter unsere Freundschaft setzt oder ob er der Beginn einer Affäre ist. Soll Lucas doch den nächsten Schritt machen …

Mehdi war zuerst bedrückt, dann wütend und hat mich so sehr bedrängt, dass er dabei fast außer sich geriet. Endlich! Endlich habe ich ihn mal grob, aufbrausend, gehässig erlebt. Als er mich beschimpft hat, habe ich die Gelegenheit genutzt, ihm gehörig die Meinung zu sagen. Was für eine Erleichterung! Danach war ich ihm kein bisschen böse.

Dafür ist er jetzt sauer auf mich …

Raphaëlles Tagebuch

Ich bin im Krankenhaus, in der Notaufnahme. Ich hatte einen tetanischen Anfall. Ich war zu Hause in meinem Zimmer, als ich Schüttelfrost bekommen habe und das Gefühl hatte zu ersticken. Und als ich aus meinem Zimmer rauskam, bin ich zusammengebrochen und konnte mich keinen Millimeter mehr bewegen, weder den Körper noch den Kopf noch die Lippen. Gelähmt und stumm.

Mir war im Grunde klar, dass es nichts Dramatisches ist, deswegen bin ich nicht in Panik geraten – das habe ich den anderen überlassen, meinen Eltern, dem Notdienst, den Krankenschwestern und den Ärzten.

Mittlerweile stimmen sie mit mir darin überein, was

meine Intuition mir von Anfang an gesagt hat: nichts Gravierendes. Das Pflegeteam behält mich noch zu Kontrolluntersuchungen hier. Seit einer Stunde kann ich wieder sprechen und mich bewegen.

Was Terence wohl dazu sagen wird? … Ist das etwa kein Liebesbeweis? Ich kann's kaum erwarten, ihm davon zu erzählen. Wird er mir die Gelegenheit dazu geben?

Keine Neuigkeiten seit Freitag. In einer Stunde ist Montag.

Ich höre jetzt auf, weil mir schlecht ist.

Julias Tagebuch

Schlaflosigkeit. »Und wo die Sorge wohnt, da klopft kein Schlaf.«

Ich verzichte darauf zu erzählen, was in London passiert ist.

Falls ich vorher noch Illusionen hatte, habe ich sie nun verloren.

Das Leben ist hart, aber ich werde noch härter sein.

Anouchkas Tagebuch

Raphaëlle war heute nicht in der Schule, weil sie im Krankenhaus liegt. Colombe und ich haben sofort an einen Selbstmordversuch gedacht, aber unser Klassenlehrer hat uns beruhigt: Es handelte sich um einen tetanischen Anfall.

»Wie kommt ihr denn auf einen Selbstmordversuch?«,

wollte Julia wissen, die ziemlich blass aussah, mit ganz spitzer Nase und großen, violett hervortretenden Adern an den Schläfen.

»Raphaëlle benimmt sich merkwürdig und hat irgendwelche Geheimnisse vor uns«, entgegnete Colombe.

»Mag sein. Aber Selbstmord?«

»Raphaëlle tickt wie ein Kerl. Wenn sie mit einer Situation nicht klarkommt, dann denkt sie nicht lange nach, sondern handelt. Bei ihr kann man sich vorstellen, dass sie, nur um nicht zu leiden, etwas tut, das nicht wieder gutzumachen ist.«

»Wer leidet schon gern?«

»Niemand. Trotzdem muss man lernen zu leiden, um besser zu leben. Ich bin mir ziemlich sicher, dass Raphaëlle jemand ist, der es nicht aushält zu leiden.«

»Interessant«, sagte Julia, und damit war das Thema offenbar für sie erledigt.

Ich verstehe Julia immer weniger. Schon seit Monaten gibt sie nichts mehr von sich preis, von ihrem Leben oder ihren Wünschen, sondern beschränkt sich darauf, Fragen zu stellen und sich unsere Antworten mit der Geduld einer Untersuchungsrichterin anzuhören, die mehr weiß als ihr Gesprächspartner. Manchmal jagt sie mir eine Mordsangst ein.

Colombe ist schwer beschäftigt. Sie ist nach und nach zu allen Leuten hingegangen, die bei Oscars Party waren, und hat sie angefleht, nichts von dem Kuss zu erzählen, den sie Lucas gegeben hat.

Selbstverständlich hat sie damit das genaue Gegenteil erreicht: Mehdi hat von der Sache Wind bekommen. Auf dem

Schulhof stand er plötzlich vor uns und hat verkündet, er würde nach Brüssel fahren, um Lucas die Fresse zu polieren. Colombe hat protestiert, und dann hat Mehdi Paul, dem besten Freund von Lucas, eine runtergehauen, sozusagen schon mal als Anzahlung. Colombe ist dazwischen gegangen, hat sich vor ihm aufgebaut und ihn vor unseren Augen runtergemacht. Die aufgebrachte Colombe war wunderbar, und wir haben alle total gebannt zugesehen, wie klasse sie in ihrer Wut aussah. Die Energie, die sie dabei ausstrahlte, hatte zwar etwas Männliches an sich, aber gleichzeitig hat die Entrüstung ihre Brüste, ihre Hüften, ihren Po und die milchige Blässe ihrer Haut besonders betont. Ja, mittlerweile kann Colombe sich alles erlauben. Sogar Mehdi hat man angesehen, dass er Gefallen an dem Streit hatte.

Ich vermute, Colombe hat das auch gemerkt, denn die ganze Vorführung hat ein paar Minuten länger gedauert als nötig.

Während dieser lauten Auseinandersetzung kam Brice – meine Eroberung von Samstagabend – über den Hof. Da er mit seinen Kumpels aus der Zwölften zusammen war, konnte er mich, eine jämmerliche Elftklässlerin, natürlich nicht grüßen, aber sein Blick hat mich gesucht, und als er mich erblickt hat, leuchteten seine Augen auf.

»Glaubt ihr, Raphaëlle wird den Romeo spielen?«, hat Julia gefragt.

»Unter normalen Umständen hätte sie es gemacht. Jetzt bin ich mir nicht so sicher.«

Daraufhin wirkte Julia ziemlich verärgert. Sie denkt also offenbar wirklich an nichts anderes als an die Aufführung.

Bevor ich nach Hause gegangen bin, habe ich noch kurz

bei Dad und Gaspard vorbeigeschaut, um ihnen das Foto von Brice zu zeigen. Sie haben ihn ganz gierig angeschaut, als würde es sich um eine ganz besondere Leckerei handeln. Ich wusste, dass ich ihnen damit eine Freude machen würde.

Colombes Tagebuch

Mir gefällt die Aggressivität, die Mehdi seit unserer Trennung an den Tag legt.

Deswegen habe ich ihm heute Abend erlaubt, zu mir nach Hause zu kommen, um mich zu beschimpfen, und dann haben wir die Nacht zusammen verbracht.

Morgen gebe ich ihm wieder den Laufpass.

Raphaëlles Tagebuch

Amen! Halleluja! Auferstehung!

Terence hat mir geschrieben: Er hat Julia verlassen und ist jetzt ganz für mich da.

Ich bin jodelnd durchs leere Haus gelaufen, habe getanzt und mir drei Gin Tonic nacheinander gegönnt.

Ab nach London!

Monsieur Palanquin hat die Aufführung von *Romeo und Julia* für den 15. Januar angesetzt. Ich werde bereit sein.

Raphaëlle ist in Romeos Haut geschlüpft. Sie spricht ihren Text mit so viel Schwung und Beherztheit, dass man meinen könnte, sie wäre ein Mann – bzw. ein Mann, wie die Mädchen ihn sich vorstellen …

Mir passt dieses etwas übertriebene Gehabe gut in den Kram, weil ich im Kontrast dazu verschiedene Nuancen beisteuern kann, Sanftheit, Leidenschaftlichkeit, Freude, Melancholie, Ungeduld, Wehmut. Wenn ich die Julia spiele, habe ich das Gefühl, ein Regenbogen aus lauter unterschiedlichen Frauen zu sein.

Monsieur Palanquin hat aus seiner Begeisterung keinen Hehl gemacht.

»Die Rolle der Julia bringt dein Talent zum Vorschein, Julia. Jetzt verstehe ich, warum du gegen alle Widerstände dafür gekämpft hast, dass die Aufführung stattfinden kann. Möchtest du Schauspielerin werden?«

»Nein.«

»Reizt dich das nicht?«

Wie alle Theaterlehrer, die frustrierte Schauspieler sind, bildet Monsieur Palanquin sich ein, jeder müsste von der Bühne oder der großen Leinwand träumen.

»Die Julia wird meine erste und meine letzte Rolle sein, das kann ich Ihnen versichern.«

Großvater ist heute Morgen gestorben.

Er hatte ein Zimmer in dem Pflegeheim gemietet, in dem meine an Alzheimer erkrankte Großmutter seit Jahren lebt. Jeden Tag hat er mehrere Stunden bei ihr verbracht.

Er hat mir leid getan, weil er einfach nicht einsehen wollte, wie dement seine Frau geworden war. Er hat weiterhin mit ihr gesprochen, auf sie eingeredet, gelacht, ihr gegrollt und wieder verziehen, sie umarmt, kurz, er hat zwei Rollen gespielt, denn ihm gegenüber saß, regungslos und in einem schäbigen Sessel zusammengekrümmt, eine zerknitterte Alte, die nirgendwo mehr hinschaute, nichts mehr hörte, nie etwas erwiderte. Meine Großmutter war wie eine ausgestopfte Maus, doch für ihn war sie offenbar immer noch jung, verführerisch und aufregend. Jeden Morgen hat er eine große emaillierte Schatulle vor sie hingestellt, ihren Schmuck herausgeholt und sie damit behängt – sie war einmal furchtbar eitel gewesen.

Vor ungefähr einer Woche ist er im Park hingefallen. Da es eine Weile gedauert hat, bis er gefunden wurde, hat er sich zu den Knochenbrüchen zusätzlich auch noch eine Lungenentzündung geholt. In seinem Zimmer – in dem gleichen Gebäude, wo auch meine Großmutter untergebracht ist, nur eine Etage tiefer – ist ihm klar geworden, dass er es dieses Mal nicht schaffen wird. Also hat er seine Kinder zu sich gerufen und ihnen seine Frau anvertraut. Und ist dann, befreit von einer Last, gestorben.

Ich mochte Großvater gern, auch wenn ich mich kaum in diesen zerknitterten alten Mann hineinversetzen konnte, der so aussichtslos verliebt war und einen schon verlorenen Kampf geführt hat, um die Idylle mit der Frau fortzusetzen, die nur noch eine leere Hülle auf der Erde zurückgelassen hatte. An manchen Tagen fand ich seine Starrköpfigkeit wunderbar; die meiste Zeit aber lächerlich.

Als ich das heute Morgen Terence erklärt habe, ist mir klar geworden, dass ich ihm ähnlich bin, obwohl ich so streng über ihn geurteilt habe: Ich liebe es, zu lieben. Ich will dafür sorgen, dass die Liebe lebt.

*

Nachrichten, die sich Raphaëlle, Colombe, Julia und Anouchka untereinander schreiben

RAPHAËLLE

Mädels, ihr werdet es nicht glauben: Meine Großmutter ist heute Morgen gestorben.

ANOUCHKA

Aber ...

COLOMBE

Endlich ...

JULIA

Gestern hast du gesagt, dein Großvater sei gestorben.

RAPHAËLLE

Mein Großvater ist gestern gestorben. Meine Großmutter heute.

JULIA

Die, die Alzheimer hatte?

RAPHAËLLE

Sie ist heute Morgen in ihrem Bett gestorben.

JULIA

Glaubst du … hat das irgendwas mit deinem Großvater zu tun?

ANOUCHKA

Wusste sie, dass er gestorben ist?

COLOMBE

Anouchka, hör auf zu träumen. Sie hat nichts mehr mitbekommen und niemanden mehr erkannt.

JULIA

Anouchka hat recht: Wusste deine Großmutter es?

RAPHAËLLE

Eine Schwester hat es ihr gesagt. Aus Prinzip. Aus Respekt. Um so zu tun, als ob. Und …

ANOUCHKA

Und?

RAPHAËLLE

Nein, das kann ja überhaupt nicht sein ...

ANOUCHKA

Los, Raphaëlle, du musst uns alles sagen.

RAPHAËLLE

Also mit Hilfe ebendieser Krankenschwester ist meine Großmutter in seinen letzten beiden Nächten hinunter in das Zimmer meines Großvaters gegangen. Anscheinend hat sie sogar seine Hand gehalten.

*

Colombes Tagebuch

Raphaëlle kann gar nicht aufhören, den Tod ihrer Großmutter zu beweinen. Sie kann sich an kein einziges Wort erinnern, das sie mit ihrer Oma gewechselt hätte, denn sie kannte sie nie anders als im Zustand ihrer geistigen Umnachtung; sie besitzt keine einzige angenehme Erinnerung an ihre Großmutter.

Wieso trauert sie dann?

Sie bereut, dass sie das allgemeine Gerede geglaubt hat, das ihrer Eltern und der Ärzte, die behaupten, Alzheimer nehme den Erkrankten Gedächtnis und Bewusstsein. Doch ihre Großmutter hat sich entschieden zu sterben, kaum dass sie erfahren hatte, dass der Mann ihres Lebens tot war, daran besteht kein Zweifel.

»Kannst du dir das vorstellen, Colombe? Ein Haufen Fleisch auf einem Sessel. Doch es hat da jemanden gegeben, eine Gefangene, die ich nicht gesehen, nicht gehört, von deren Existenz ich nichts geahnt habe. Ich habe geglaubt, unsere Großmutter würde uns ignorieren, dabei waren wir diejenigen, die sie ignoriert haben. Wir haben ihr genau das angetan, was wir ihr vorgeworfen haben, das sie uns antut.«

Raphaëlles Großvater war der Einzige, der es gespürt hat, nur er hat sich richtig verhalten, dieser Großvater, den sie für einen bemitleidenswerten alten Trottel gehalten hat.

»Es gibt die Liebe also doch, Colombe! Meine Großeltern sind der Beweis dafür, dass sie ein Leben lang halten kann. Die Liebe leidet, aber sie stirbt nicht.«

Sie hat recht. Aber warum muss sie unbedingt so darauf herumreiten? Ich habe mich damit abgefunden, dass eine Schwärmerei nur so lange dauert, wie sie eben dauert. Wo ist das Problem? Ich bin nicht auf der Welt, um irgendeinen Beweis zu erbringen, sondern um glücklich zu sein.

»Colombe, wir liegen total falsch ... Wenn ein Bewusstsein in einem Körper schlummert, von dem wir glauben, er habe keines, wer beweist uns dann, dass es kein Leben nach dem Tod gibt? Wenn wir vor einer Leiche stehen, machen wir genau den gleichen Fehler: Wir trauen dem Anschein. In einem Körper, der nur noch vor sich hin vegetiert, vermutet man kein Bewusstsein mehr; in einem reglosen Körper vermutet man ebenfalls kein Bewusstsein mehr. Und doch ist die Seele unsichtbar.«

Auch wenn ich nicht gern über solche Dinge nachdenke, haben Raphaëlles Worte mich erschüttert. Gestern haben wir mit Julia darüber gesprochen, die davon allerdings nichts wissen wollte:

»Ich hoffe, dass ihr euch irrt und dass der Tod uns erlöst. Wenn es kein Ende mehr gibt, soll dann alles hier immer einfach so weitergehen?«

Julia verwirrt uns jeden Tag mehr. Egal, was sie sagt, alles äußert sie mit kategorischer Bestimmtheit. Man könnte sie für eine fanatische Terroristin im Dienst ihrer eigenen Ansichten halten.

So hat sie heute, als sie das Foto von Raphaëlles Großeltern sah, geseufzt:

»Das also sind Romeo und Julia, wenn die Eltern nichts dagegen haben? Das also sind die ewig Liebenden, wenn die Umstände ihnen günstig sind? Wie schrecklich! Zwei alte, verkümmerte Menschlein, die wie Schildkröten aussehen.«

Raphaëlle ist ausgeflippt und hat sie ein Monster genannt; Julia hat zurückgeschlagen und sie als Monsterenkelkind bezeichnet. Wenn es nicht geklingelt hätte, wären sie sich richtig in die Haare geraten.

So oder so, ich bin auf der Hut. Denn mittlerweile kenne ich den Grund für ihre Streitigkeiten. Raphaëlle hat mir von ihrer Romanze mit Terence erzählt und wie unwohl sie sich in Julias Gegenwart fühlt. Und Julia, weiß sie, welchen Platz Terence in Raphaëlles Leben einnimmt? Jedes Mal, wenn Raphaëlle verlangt, dass ihr Engländer sich erklärt, gibt der zurück, er hätte keine Lust, über diese schmerzhafte Sache zu reden. Ich persönlich bin mir sicher, dass Terence Raphaëlle erwähnt haben muss, denn man merkt Julia an, wie sehr sie sich zusammenreißen muss, wenn sie Raphaëlle sieht, so dass mit Sicherheit mehr dahintersteckt.

Julia entwickelt sich in letzter Zeit nicht gerade zu ihrem Vorteil … In Französisch hat Madame Romilly unsere Proben für *Romeo und Julia* zum Anlass genommen, über das Stück zu diskutieren. Jeder sollte sagen, was das Stück ihm zu sagen, wodurch es ihn enttäuscht hat usw.

Anouchka hat zugegeben, dass das Drama ihr Angst macht, weil es darin so brutal zugeht.

Ich habe gesagt, dass ich vor allem die Tatsache interessant finde, dass Romeo eigentlich für ein anderes Mädchen geschwärmt hat, die unnahbare Rosalinde, und dass Julia sozusagen erst in letzter Minute in der Geschichte auftaucht.

Raphaëlle sympathisiert mit den beiden Figuren, weil sie sich den Verboten widersetzen.

Julia hat eine verschrobene Theorie entwickelt, nach der Shakespeare dieses Stück geschrieben habe, um uns von der Liebe zu heilen, und nicht, um sie zu verherrlichen. Die Liebe beeinträchtigt das Urteilsvermögen der jungen Leute. Sie vergessen, zu welcher Familie sie gehören – die Capulets und die Montagues verachten einander –, die Liebe treibt Julia dazu, Leichenstarre vorzutäuschen, ohne ihren Geliebten zu warnen, und bringt Romeo dazu, Gift zu schlucken, sobald er seine Versprochene ausgestreckt auf der Marmorplatte der Gruft liegen sieht. Hätte er nicht näherkommen müssen, um festzustellen, dass sie noch atmet, und sie dann wiederbeleben?

»Wie blöd muss man sein«, hat sie hinzugefügt »um so wenig Verstand zu haben? Shakespeare hat nicht die Liebe geliebt, sondern nur das Aufkeimen der Liebe, die Begegnung. Der Rest kam ihm dumm vor, ja verhängnisvoll.«

Madame Romilly hat geschluckt, als Julia ihr Pamphlet

vorgetragen hat; man hat ihr angesehen, dass ihr diese Betrachtungsweise noch nie in den Sinn gekommen ist.

»Aber trotzdem wirst du die Rolle der Julia spielen, wenn ich es richtig verstanden habe.«

»Ja.«

»Wie kannst du eine Figur spielen, die du ablehnst?«

»Ich lehne Julia nicht ab, ich verurteile nur die Liebe, wie Shakespeare. Ich selbst bin auch nicht besser als Julia. Ich identifiziere mich mit ihr.«

»Wann?«

»An zwei Stellen.«

»Welche sind das?«

»Als sie sich verliebt. Als sie stirbt.«

»Als sie stirbt, wirklich? Und warum?«

»Sie wählt den Tod, nachdem sie es sich nicht ausgesucht hat, zu lieben. Außerdem vermeidet sie damit, alt zu werden.«

»Altwerden ist nicht schlimm«, hat Madame Romilly eingewendet, die schon über fünfzig ist.

»Das haben Sie gesagt, Madame.«

Das also ist seit ein paar Wochen die neue Julia. Spukig, wie Anouchka immer sagt.

Raphaëlles Tagebuch

Ich habe mich noch nie so glücklich gefühlt. Tag und Nacht schreiben Terence und ich uns liebevolle, leidenschaftliche Nachrichten. »Beschwingt von Liebe schwang ich mich herüber, denn Liebe macht vor keiner Mauer Halt.«

Hach, ich will ihn endlich wiedersehen. Ihn in meine Arme nehmen. Oder er mich in seine. Unwichtig! Uns anfassen, riechen, aneinanderkuscheln, küssen.

Aber leider ist er an dem Wochenende, an dem ich hätte kommen können, nicht in London. Also verschiebe ich es auf später.

Wenn ich mich heute Abend an mein Kopfkissen schmiege, werde ich so tun, als ob er es wäre.

Colombes Tagebuch

Augustin wird freigelassen. Der Werkstattbesitzer hat seine Klage zurückgezogen, weil die Eltern versprochen haben, alles zu bezahlen, mehr sogar.

Marie ist hin- und hergerissen. Jetzt, wo sie weiß, dass er zurückkommt, weiß sie nicht, was sie will, ihn sehen oder vor ihm davonlaufen.

Obwohl sie ihn liebt, hat sie Angst vor einem Jungen, den sie nicht versteht.

Ich weiß nicht, ob ich so reagieren würde wie sie. Lieben heißt nicht, alles wissen, sondern sich verbrennen. Die kleine Marie wird immer kleinbürgerlicher, sie hat Angst vor dem Feuer.

Ich dagegen kann nicht sagen, dass ich vor lauter Gewohnheit einschlafe. Lucas ist nach seinen Küssen und Geständnissen wieder kälter geworden als ein Messer, also räche ich mich mit Mehdi an ihm. Je nach Tageszeit sind wir zerstritten oder versöhnt. Vorteil? Jedes Mal, wenn ich mich von ihm trenne, wird er wieder zu einem Fremden, der auf seinen Platz verwiesen wird.

Aber so langsam fängt auch das an, mich zu langweilen. Trennung, Versöhnung, Trennung: Allmählich kenne ich das Ganze! Nicht unterhaltsamer als eine endlose Runde Go-Kart-Fahren.

Und außerdem müsste ich mich eigentlich auf meine Rolle der Amme konzentrieren. Die Aufführung ist schon in ein paar Tagen, und ich bin mit den Gedanken derart woanders, dass ich den Text aus den verschiedenen Szenen durcheinanderschmeiße. Ich dachte, Julia würde mich erschießen, als ich neulich im ersten Akt einen Satz aus dem dritten Akt gebracht habe.

Bei den Proben finde ich das lustig. Aber vor Publikum wäre es mir peinlich.

Julias Tagebuch

In weniger als einer Woche ist es soweit.
Freitag führen wir *Romeo und Julia* auf.
Ich lebe nur noch für diese zwei Stunden.

Raphaëlles Tagebuch

Endlich: Terence und ich haben ein Datum gefunden. Und zwar in zwei Wochen, kurz nach unserer *Romeo und Julia*-Aufführung. Offiziell werde ich bei Telma wohnen, Mamas Freundin; inoffiziell gehe ich zu ihm. Ich habe

Telma eingeweiht und ihr Fotos von Terence geschickt, und sie findet unsere Geschichte so charmant, dass sie sich einverstanden erklärt hat, uns zu helfen und für uns zu lügen.

Das Leben kam mir noch nie so strahlend vor.

Jetzt muss ich meinen Text für den großen Abend lernen. Was der alles von sich gibt, dieser Romeo! Der redet wie ein Wasserfall! Kleine Anmerkung: Auch Terence schreibt mir mehrmals am Tag Nachrichten, die manchmal ziemlich lang sind.

Das Schicksal verwöhnt mich! Verliebt zu sein ist so schön, dass es schmerzt.

*

Nachrichten, die sich Julia, Colombe und Anouchka untereinander schreiben

JULIA

Wo ist Raphaëlle?

COLOMBE

Keine Ahnung.

ANOUCHKA

Ich weiß es auch nicht.

JULIA

Eigentlich ist heute Nachmittag Probe. Morgen ist die Aufführung!

COLOMBE

Ich versuche schon den ganzen Tag, sie zu erreichen.

ANOUCHKA

Ich habe vorhin bei ihr geklingelt ... Ihre Eltern wussten nicht, wo sie ist. Ich wollte sie nicht beunruhigen, also habe ich ihnen nicht gesagt, dass sie heute nicht in der Schule war.

COLOMBE

Schwänzen sieht ihr gar nicht ähnlich ... und uns nichts davon zu sagen, auch nicht ...

ANOUCHKA

Hatte sie vielleicht wieder einen tetanischen Anfall, so wie neulich?

COLOMBE

Dann hätten die Sanitäter doch ihre Eltern benachrichtigt.

ANOUCHKA

Vielleicht ist sie noch nicht gefunden worden! Sie liegt allein und verlassen unter irgendeiner Brücke.

COLOMBE

Hör auf, Anouchka! Wenn Raphaëlle unter einer Brücke entlanggeht, dann gehen da auch andere Leute lang. Wir sind hier in Paris, nicht irgendwo in der Pampa.

JULIA

Ich kann nicht mehr. Wir werden *Romeo und Julia* niemals aufführen. Ich bin verflucht.

ANOUCHKA

Beruhige dich, du bist nicht verloren, Raphaëlle wird schon wieder auftauchen.

COLOMBE

Warum ist dir diese Aufführung so wichtig, Julia?

*

Raphaëlles Tagebuch

Mitternacht. Ich bin gerade nach Hause gekommen.

Meine Eltern haben sich kaum Sorgen gemacht und waren sofort beruhigt, als sie meine Tür knarren gehört haben. Was mich im Kopf und im Herzen beschäftigt, ist ihnen völlig egal.

Ich bin den ganzen Abend durch Paris geirrt. Ab und zu habe ich in einem Bistro an der Theke einen Kaffee getrunken. Eben habe ich im Spiegel gesehen, wie schwarz meine Zähne und meine Zunge sind. In mir drin muss es noch schlimmer aussehen.

Ich würde mich am liebsten übergeben, alles auskotzen, um mich loszuwerden.

Terence hat mich fallenlassen. Brutal fallenlassen.

Eigentlich war ich in zwei Wochen mit ihm in London verabredet, aber dann ist er mir plötzlich Mittwochabend auf einer kleinen Party bei Claudia, einer Freundin von Mama, über den Weg gelaufen. Ich dachte zuerst, ich hätte Halluzinationen und wäre so besessen von ihm, dass ich ihn sehe, obwohl er es gar nicht ist.

Aber nein, er war es wirklich, wie er da lässig an einer Wand gelehnt hat, mit diesen lächelnden Augen. Vollkommen überrascht bin ich zu ihm gegangen.

»Terence!«

»Kennen wir uns?«

»Hör auf, mich auf den Arm zu nehmen, Terence.«

»Dein Gesicht kommt mir irgendwie bekannt vor.«

»Terence, ich bin's, Raphaëlle.«

Er hat meinen Namen so vorsichtig und zögerlich wiederholt, als würde er ihn zum ersten Mal aussprechen. Bis dahin habe ich gedacht, dass er mich verschaukelt, und fand, er spiele seine Rolle ausgezeichnet.

Ich bin auf ihn los und wollte ihn küssen: Wie oft hatten wir uns das in unseren Mails versprochen.

Da hat er mich so energisch festgehalten, dass es fast weh getan hat.

»Spinnst du?«

»Ach komm, Terence!«

»Ich bin nicht daran gewöhnt, dass eine Person, die ich überhaupt nicht kenne, mir einfach so um den Hals fällt. Normalerweise habe ich da auch ein Wörtchen mitzureden.«

»Aber …«

»Habe ich irgendwie signalisiert, dass ich was von dir will? Nein.«

»Terence, das kannst du nicht mit mir machen. Erst tauchst du einfach so in Paris auf, ohne mir was davon zu sagen, und dann stößt du mich auch noch von dir.«

»Nein danke, kein Bedarf, schönen Abend noch.«

»Terence!«

»Falls das die französische Art der Anmache sein soll: Adieu!«

»Terence! Ich bin's, Raphaëlle. Meinetwegen hast du mit Julia Schluss gemacht!«

»Julia … Raphaëlle … ah ja, wir haben uns vor langer Zeit mal in London gesehen. Ich erinnere mich.«

»Es reicht jetzt, Terence. Du kannst mich nicht wie eine Verrückte behandeln. Nach allem, was wir uns geschrieben haben.«

»Hören Sie mal, Mademoiselle, es wäre besser, wenn die Unterhaltung hiermit beendet ist. Erstens will ich nicht, dass unsere Gastgeberin durch einen Skandal blamiert wird. Zweitens bin ich mit meiner Verlobten hier, und ich bitte Sie, mich jetzt in Ruhe zu lassen.«

Nachdem er das gesagt hatte, hat er sich umgedreht, ist schnell in den Nebenraum gegangen, wo eine Blondine stand, die er an der Schulter berührt und zu sich herangezogen hat, um sie auf den Mund zu küssen.

Da habe ich es mit der Angst bekommen. In der nächsten Sekunde ist mir der Schweiß ausgebrochen. Mein Herz hat gerast. Der Raum hat angefangen, sich um mich zu drehen. Ich bin ins Badezimmer gerannt und musste mich übergeben.

Nachdem ich mich gewaschen hatte, bin ich aus dem Bad herausgekommen und habe mich durch die herumstehenden Leute im Flur zum Ausgang gedrängelt. Ein paarmal hat jemand meinen Namen gerufen, aber ich habe nichts gehört und konnte vor lauter Tränen nichts mehr sehen.

Dann bin ich einfach gelaufen und gelaufen und habe

gehofft, dass ich irgendwann so erschöpft sein würde, dass es nicht mehr weh täte.

Jetzt bin ich völlig am Ende, aber es tut immer noch genauso weh.

Terence, der mich aus meiner Einsamkeit gerettet hat, Terence, der mich dazu gebracht hat, mich ihm anzuvertrauen, ihm meine Liebe zu gestehen und zuzulassen, dass diese Liebe sich entwickelt und wächst, Terence wollte mich nicht wiedererkennen, nicht berühren, nicht anlächeln. Er stolziert am Arm einer anderen herum, deren Existenz er mir verschwiegen hat.

In einem Liebestraum ist alles schön, nur nicht das Erwachen.

Terence hat mich nur verarscht.

*

Nachrichten, die sich Colombe, Julia und Anouchka untereinander schreiben

COLOMBE

Mädels, Raphaëlle hat mir gerade geschrieben. Sie brauchte einen Tag für sich, um nachzudenken. Es geht ihr gut. Sie wird morgen spielen – ups, wohl eher heute Abend, es ist ja schon halb eins.

JULIA

Ah, gut ... ich konnte nicht einschlafen deswegen.

ANOUCHKA

Was hat sie denn gehabt?

COLOMBE

Mädchenkram ...

ANOUCHKA

Ihre Regel?

COLOMBE

Nee, Herzensangelegenheiten.

JULIA

Was soll denn das heißen? Versteh ich nicht.

ANOUCHKA

Ich auch nicht.

COLOMBE

Macht nichts! Morgen sorgen wir dafür, dass das Lycée Marivaux die glorreichste *Romeo und Julia*-Aufführung erlebt, die es in der Geschichte der Schule je gegeben hat.

*

Le Parisien

Unerklärliches Drama

Zwei Mädchen mussten nach einer Aufführung von Romeo und Julia im Lycée Marivaux ins Krankenhaus eingeliefert werden. Ihr Zustand ist kritisch.

Gestern Abend um 22 Uhr, als das berühmte Shakespeare-Stück gerade zu Ende war und die Zuschauer anfangen wollten zu applaudieren, ging zunächst ein Raunen durch den Saal, dann ertönten verständnislose Rufe: Die beiden jungen Frauen, die die Rollen von Romeo und Julia gespielt hatten, standen nicht wieder auf.

Als Freundinnen der beiden auf die Bühne eilten, um herauszufinden, warum die beiden sich nicht rührten, stellten sie fest, dass das Mädchen, das die Julia gespielt hatte, in einer Blutlache lag, während das Mädchen, das den Romeo gespielt hatte, keine Lebenszeichen mehr zeigte.

Beide Mädchen wurden ins Pompidou-Krankenhaus und dort sogleich auf die zuständigen Stationen gebracht. Trotzdem schweben beide in Lebensgefahr. Unterdessen hat die Polizei den Theaterlehrer, Monsieur Palanquin, in Gewahrsam genommen; der Schulleiter wird derzeit befragt.

Ein psychologischer Krisendienst wurde eingerichtet, um den Klassenkameraden der beiden Mädchen und den schockierten Zuschauern zur Seite zu stehen.

H. B.

Le Figaro

Blutiger Shakespeare

Im Zusammenhang mit dem Fall am Lycée Marivuax in der letzten Woche, wo zwei Mädchen sich nach ihrem Bühnentod nicht wieder erhoben haben, gibt es Neuigkeiten.

Die Polizei hat den Lehrer, Monsieur Palanquin, der seit dreißig Jahren für seine wertvolle Arbeit Anerkennung findet, wieder freigelassen. Dem zuständigen Untersuchungsrichter zufolge wird auch ein krimineller Hintergrund ausgeschlossen, ebenso wurde die Hypothese der Fahrlässigkeit verworfen.

Indizien und Zeugenaussagen weisen darauf hin, dass es sich höchstwahrscheinlich um zwei Selbstmorde handelt, welche von den beiden sehr jungen Frauen eigenmächtig ausgeführt worden sind. Das Mädchen, das die Julia gespielt hat, zeigte Anzeichen einer Depression; sie soll einen echten Dolch in die Requisiten des Theaters geschmuggelt haben, den sie ihrem Vater entwendet hatte; die stumpfe, unechte Waffe wurde später in einem Schrank in ihrem Zimmer gefunden. Ihre Klassenkameradin, die gerade in Liebesdingen eine herbe Enttäuschung hat verkraften müssen, soll eine hohe Dosis Schlaftabletten, die sie ihrer Stiefmutter entwendet hat, in Romeos Phiole gefüllt haben.

Es ist nicht bekannt, ob die beiden Jugendlichen, die als enge Freundinnen gelten, ihre Taten zuvor miteinander abgesprochen haben. Bisher konnte keines der Mädchen vernommen werden. Die Ärzte fürchten weiterhin um das Leben der beiden.

A. D.

*

Anouchkas Tagebuch

Raphaëlle ist heute Morgen gestorben.

Ihre Eltern haben uns angerufen, Colombe und mich, damit wir zu ihnen ins Krankenhaus kommen. Sie wussten, wie viel unsere Vierer-Freundschaft ihrer Tochter bedeutet hat.

In einem hellen, stillen Zimmer lag Raphaëlle auf ihrem Bett und sah genauso willensstark aus wie immer, aber friedlich. Ich war perplex, weil ich sie nie mit geschlossenen Augen gesehen habe; es kam mir irgendwie indiskret vor.

Ich hasse es, dass ich immer so lange brauche, um eine Situation richtig einzuschätzen … Selbst neben ihrer Leiche habe ich noch darauf gewartet, dass Raphaëlle aufspringt, ruft. »Da hab ich euch aber ganz schön reingelegt, was, Mädels?«, und in ihr heiseres Lachen ausbricht. Es fällt mir sehr schwer, zu akzeptieren, was passiert ist.

Unser letzter Abend wird mir für immer im Gedächtnis bleiben. Ich erinnere mich an Raphaëlle, wie sie als Romeo die Bühne betritt, zuerst verlegen und genauso wenig wie das Publikum davon überzeugt, ein Mann zu sein, aber Schritt für Schritt wurde sie mutiger und konnte diesen überschwänglichen, feurigen, edlen, zärtlichen, unbezähmbaren Jungen glaubhaft vermitteln. Bei Julia hat es von Anfang an gestimmt: Sie war die Julia, liebreizend, aufrecht, unschuldig, eine entschlossene Julia, nur scheinbar zerbrechlich, wie ein Schilfrohr, das sich biegt, aber nicht bricht. Neben ihr haben die anderen ziemlich bemüht gewirkt, vor allem Colombe, die Probleme mit ihrem Text hatte.

Unsere beiden Freundinnen haben dafür gesorgt, dass die Aufführung förmlich abgehoben ist. Von der Tonkabine ganz hinten im Saal aus hatte ich die gleiche Sicht aufs Geschehen wie die Zuschauer, und fast hätte ich ein paarmal vergessen, eine Musik oder Vogelstimmen einzuschalten, so sehr ließ mich jeder Satz erbeben. Die Liebesnacht hat uns alle gepackt: Es war die mythische Nacht, die Nacht der Liebenden, die Nacht des ersten Mals, eine Nacht, so jungfräulich wie die Morgendämmerung. Weder Julia noch Raphaëlle haben bei den Proben jemals so kraftvoll gespielt wie an diesem Abend: Sie erbebten bei jedem Wort, umarmten sich leidenschaftlich, ließen die Zeit stillstehen; das Glück der beiden erschien umso intensiver und kostbarer, als sie es dem Nichts abtrotzten, als hätten sie bereits eine Ahnung von ihrem tragischen Ende. Ich glaube sogar gesehen zu haben, dass Julia Tränen in den Augen hatte, als sie sagte:

»Komm liebe samtne sanfte Nacht. Komm, gib
mir meinen Romeo. Und wenn ich ersterbe,
nimm ihn und schneid ihn dir in kleine Sterne.«

Dann kam der Moment, von dem ich mittlerweile weiß, dass er tödlich war, als Julia schlafend auf der Grabplatte liegt, so dass Romeo den Eindruck hat, sie sei tot. Verzweifelt griff Romeo-Raphaëlle nach der Phiole, die Bruder Lorenzo ihr reichte, und leerte sie mit gieriger Hast. Dann wacht Julia auf, sieht Romeos Leiche und fängt an zu zittern: Ich konnte nicht glauben, dass Julia eine so gute Schauspielerin ist; in ihren Augen und ihren Gesten lag ein solches Entsetzen, dass man den Blick nicht abwenden konnte. Sie hat nach dem Dolch gegriffen, ihn hochgehoben, dem Publikum den Rücken zugewandt und sich die Waffe in den Bauch gestoßen, wobei sie einen fürchterlichen Schrei ausstieß. An diesen gellenden Aufschrei werde ich mich mein ganzes Leben lang erinnern, so wie ich mich mein ganzes Leben lang daran erinnern werde, dass ich aufspringen und klatschen wollte, und mein ganzes Leben lang werde ich mich dafür schämen.

Jeder weiß, was danach geschah. Die Schauspieler, die die anderen Figuren dargestellt hatten, der Page, die Wachen, Balthasar, Bruder Lorenzo, die Capulets und die Montagues haben neben den beiden leblosen Körpern ihren Text heruntergeleiert. »Kommt, ich will Weitres hören und will sorgen für manchen Freispruch, manches Strafgericht. Kein Leidensweg war schlimmer irgendwo, als der von Julia und von Romeo«, sagt der Prinz am Schluss. Dann habe ich die Schlussmusik losgeschickt, und rauschender Beifall setzte ein.

Die Truppe wurde triumphal beklatscht. Jede Rolle hat sich verbeugt, und Romeo und Julia – oder vielmehr Raphaëlle und Julia – sollten sich, das hatten wir so entschieden, als Letzte erheben, als würden sie von den Toten auferstehen, und sich ihren Applaus und ihre Bravos abholen.

Aber Julia und Raphaëlle haben sich nicht gerührt.

Zuerst haben wir gelacht, weil wir dachten, die beiden erlauben sich einen Scherz – das war genau die Art von Blödsinn, die Raphaëlle geliebt hat –, dann ist Colombe zu ihnen gegangen, hat sie angesprochen und an der Schulter berührt, und ist plötzlich stocksteif stehen geblieben: Sie hatte Julias Blut gesehen.

Wie es danach weiterging, weiß ich nicht mehr so genau …

Heute Morgen im Krankenhaus kam es mir so vor, als würden wir die Szene da wieder aufnehmen, wo sie aufgehört hatte. Raphaëlle hat sich genauso wenig bewegt, aber sie war wirklich tot, und wie üblich hatte ich den Eindruck, dass Colombe mal wieder alles schon vor mir begriffen hat, denn sie stand abseits, ganz hinten im Raum mit dem Rücken an die Wand gelehnt und weinte still vor sich hin.

Ich spüre eine Kälte in mir. Empfinde ich nichts? Oder schütze ich mich, um nichts zu fühlen?

Meine Eltern beobachten mich die ganze Zeit wie einen Topf Milch auf dem Herd. Von den vier unzertrennlichen Freundinnen haben sich zwei das Leben genommen: Sie haben Angst, dass die Selbstmorde ansteckend wirken könnten.

Colombes Tagebuch

Ein Monster … Ich muss ein Monster sein …

Obwohl ich heute Morgen meine beste Freundin Raphaëlle auf ihrem Totenbett gesehen habe, während meine andere beste Freundin Julia am Ende desselben Ganges noch immer im Koma liegt, habe ich Mehdi gebeten, heute Nachmittag zu mir nach Hause zu kommen, und dann habe ich ihm, obwohl wir nicht mehr zusammen sind, befohlen, mit mir zu schlafen.

Es war noch nie so gut …

Danach habe ich in seinen Armen geweint.

Was hatte mein Schluchzen zu bedeuten? Vieles: meinen Kummer, meine Lust, meine Angst, meine Leidenschaft, meine Erleichterung, meine Sehnsucht nach der Vergangenheit. Tränen sind subtile Boten, die tausend Informationen gleichzeitig überbringen können.

Heute Abend habe ich Raphaëlles Eltern besucht, weil sie ihr Tagebuch gefunden haben. Da ich es war, die sie über Raphaëlles Liebesgeschichte informiert hat, haben sie mir die letzte Seite gezeigt. Darauf hat sie beschrieben, wie fies Terence sie behandelt hat, als er alles mit einem Fingerschnippen kaputtgemacht hat.

»Wir müssen diesen Terence informieren«, meinte Raphaëlles Vater.

Uns allen – sowohl der Mutter als auch mir – war klar, was er damit eigentlich sagen wollte: »Der Mistkerl muss erfahren, dass er unsere Tochter zerstört hat«; er hatte sich für den Weg der Rache entschieden und setzte zum Angriff an.

Dann hat er mir Raphaëlles Computer gegeben.

»Bitte, Colombe, hilf uns, in ihr E-Mail-Programm reinzukommen, und finde die Adresse von diesem Terence heraus. Dir gelingt es bestimmt, Raphaëlles geheimes Passwort zu erraten.«

Verzeih mir, Raphaëlle, ich hab's getan.

Anouchkas Tagebuch

Raphaëlles Eltern tun alles, um an Terence heranzukommen.

Er antwortet nicht einmal.

Colombes Tagebuch

Nachdem sie verschiedene Informationen miteinander verglichen haben, hat Raphaëlles Mutter Terence in London aufgestöbert. Ihr Ex-Mann und sie sind in den Eurostar gestiegen, um sich mit ihm zu treffen. Er behauptet, weder eine Beziehung zu Raphaëlle gehabt noch E-Mails mit ihr gewechselt zu haben. So ein Arschloch! Er verhält sich genauso wie an dem Abend, als er sie abgewiesen hat.

Daraufhin haben Raphaëlles Eltern ihn scharf angegriffen. Doch Terence hat seinen Standpunkt so hartnäckig vertreten, dass sie ihm schließlich glauben mussten, dass er die Wahrheit sagt.

Außerdem wurde den Eltern in England von allen, die ihn kennen, versichert, dass dieser ehrliche junge Mann, der einen Abschluss in Architektur hat, schon seit mehreren Monaten nur noch Augen für Jessica hat, seine blonde Verlobte.

Anouchkas Tagebuch

Laut Gaspard, Dads Freund, der ein echter IT-Crack ist, existiert dieser Terence, an den Raphaëlle geschrieben hat, gar nicht.

Seine E-Mail-Adresse führt nicht nach England.

Ich habe das den Eltern von Raphaëlle mitgeteilt, und sie haben die Polizei aufgefordert, zu ermitteln.

PS Laut Aussage der Ärzte ist Julias Zustand nach wie vor besorgniserregend. Colombe und ich dürfen sie noch immer nicht auf der Intensivstation besuchen. Jeden Abend bete ich für sie. Ob ich an Gott glaube? Nein. Aber das weiß er ja vielleicht nicht …

Colombes Tagebuch

Die E-Mail-Adresse von Terence kommt gar nicht aus England. Es war ein Account, den Julia eröffnet hat.

Anouchkas Tagebuch

Seit ich weiß, was Julia Raphaëlle angetan hat, bin ich zu Dad geflüchtet. Diesmal war Mama sehr nett; sie hatte nicht nur Verständnis, sondern wir treffen uns auch oft, um einen Tee zu trinken oder durch die Läden zu bummeln. Endlich fangen wir an, wie Freundinnen miteinander zu reden, und nicht wie eine frustrierte Ehefrau und eine verstockte Jugendliche.

Colombe hält mich auf dem Laufenden.

Alle Briefe von Terence an Raphaëlle sind von Julia geschrieben worden. Das war ihre Rache dafür, dass Raphaëlle nach London gefahren ist und sich dort in den Typen, den sie als ihr Eigentum betrachtet hat, verknallt hat. Sie hat Raphaëlle auf ganz gemeine Weise dazu gebracht, ihre Schwärmerei einzugestehen und daran festzuhalten: Und dann hat sie, getarnt als Terence, ihr ebenfalls leidenschaftliche Liebe vorgegaukelt.

Als ich gestern Abend zugesehen habe, wie Gaspard Dad die Schulter massiert hat, habe ich mich plötzlich gefragt, ob Julia diesen Trick nicht vielleicht angewendet hat, weil sie, ohne es sich einzugestehen, in Raphaëlle verliebt war.

Colombe glaubt, dass es genau andersherum gewesen ist.

Doch Gefühle erweisen sich als ebenso widersprüchlich wie ein Gewebe, das aus verschiedenfarbigen Fäden besteht … Julia hat sich gerächt dafür, dass Raphaëlle sie ausspioniert hat und für die Faszination, die sie für Terence empfunden hat, aber woher können wir wissen, ob hinter ihrem Manöver nicht auch eine Sehnsucht steckte? Raphaëlle hatte etwas Freimütiges, Maskulines an sich, das manchem gefiel. Und wollte Julia nicht unbedingt, dass Raphaëlle ihren Romeo spielt?

Erbarmen, ich will nicht mehr daran denken! Mir wird ganz schwindelig davon.

Colombes Tagebuch

Heute Morgen haben uns die Ärzte mitgeteilt, dass Julia außer Lebensgefahr ist: Die Blutung konnte gestoppt werden, und die von der Klinge verletzten lebenswichtigen Organe werden wieder heilen. Das Ärzteteam glaubt, dass Julia es schaffen wird.

Ich weiß nicht, was ich zu dieser Information sagen soll.

Anouchkas Tagebuch

Das Leben macht sich über uns lustig: Raphaëlle stirbt, Julia wird gesund.

Colombes Tagebuch

Der Fall ist abgeschlossen.

Eine neue Erkenntnis: Julia hat, anders als sie es nach den Ferien uns gegenüber behauptet hat, nicht mit Terence geschlafen. Sie haben nur einen Abend lang miteinander geflirtet. Julia hat uns ihren Wunsch als Realität verkauft.

Als Terence zwei Monate später in London zu Raphaëlle »Send my love to Julia« gesagt hat, bedeutete das nicht »Überbringe Julia meine Liebe«. Vielmehr hat es sich um eine banale englische Floskel gehandelt, die in etwa so viel bedeutet wie »schöne Grüße an Julia«, es ging also keineswegs um die romantische Botschaft, die in unseren Augen die Affäre zwischen Julia und Terence glaubwürdig gemacht hat.

Anouchkas Tagebuch

Zum Kotzen! Julias Eltern haben Colombe und mich kontaktiert, damit wir ihre Tochter besuchen, der es nun langsam besser geht …

Die Armen, ist ihnen denn nicht klar, dass sie eine Schlange in die Welt gesetzt haben? Am Telefon klangen sie ganz euphorisch.

Das ist so unverschämt! Im Gedenken an Raphaëlle weigere ich mich, darauf einzugehen.

Colombes Tagebuch

Wenn jemand sich das Leben nimmt, ist das jedes Mal ein und dieselbe Handlung, doch der Selbstmord hat so viele verschiedene Beweggründe, wie es verschiedene Personen gibt.

Jetzt, da ihre Tochter außer Gefahr ist, warten Julias Eltern darauf, von ihr zu erfahren, warum sie nicht mehr leben wollte. Solange sie im Koma lag, hatten sie nur einen einzigen Anhaltspunkt, nämlich einen Zettel, der in Julias Tasche steckte: »Lieber unverstanden sterben, als sein Leben damit zu verbringen, sich zu erklären.« Da sie keine weiteren Hinweise hatten, haben sie an die Angst vorm Erwachsenwerden gedacht, an eine latente Depression.

Banaler Quatsch! Ein Psychologe hat sich Julias Tagebuch angesehen und mangelndes Vertrauen in die Zukunft konstatiert sowie eine starke Skepsis gegenüber der Liebe, gegenüber Beziehungen und der Beständigkeit von Gefühlen.

Soll ich ihnen andeuten, dass Julia nicht den Mut hatte, um sich ihren Lügen schon bald zu stellen? Raphaëlle hätte in Kürze herausgefunden, dass ihre beste Freundin sie hintergeht, indem sie sich als Terence ausgibt, und wir hätten alle drei erfahren, wie durchtrieben und verdorben sie war. Wie hätte sie unser Urteil ertragen?

Zwanghafte Lügner ziehen den Tod der Schande vor.

Die Hochmütigsten unter ihnen opfern ihre Lieben; die Feigen setzen ihrem Leben ein Ende.

Anouchkas Tagebuch

Ich habe ein für alle Mal klargestellt, dass ich Julia nicht wiedersehen möchte. Ihre Eltern haben mich bloß gekränkt und verständnislos angesehen. Die Dummköpfe! Sie halten mich für hartherzig, dabei ist es ihre Tochter, die in Wirklichkeit ein Herz aus Stahl hat.

Wenn Colombe sich nicht bald entscheidet, betrachte ich sie nicht länger als meine Freundin.

PS Gestern ist ein Teil der Pont des Arts eingestürzt: Eines der Geländer hat unter dem Gewicht der Vorhängeschlösser nachgegeben. Zum Glück ist das Geländer auf die Innenseite der Brücke gekippt und nicht nach außen, wodurch möglicherweise Fahrgäste auf einem der Ausflugsboote auf der Seine verletzt worden wären. Ich hoffe, dass es der Abschnitt war, an dem wir unser Schloss aufgehängt haben! Vier beste Freundinnen fürs ganze Leben … Alle gleich … Freundschaft ist eine Farce, und die Liebe ist ein Gift.

Colombes Tagebuch

Als ich heute Morgen aufwache, scheint die Sonne; ihre Strahlen streicheln meine Schultern; der Stoff meiner Bluse berührt leicht meine Brüste, und ich atme tief die kühle Februarluft ein, die der Schnee gereinigt und erfrischt hat.

Hinter mir auf dem Bett, in die Decke eingerollt, erholt sich Lucas von unserer Liebesnacht. Ich habe endlich mit dem Mann geschlafen, den ich liebe, und wundere mich darüber, wie mühelos glücklich wir sind.

Meine rein sexuelle Beziehung zu Hugo hat mir Sicherheit gegeben, meine On-and-Off-Liebesgeschichte mit Mehdi mich stärker gemacht. Kein Wunder, dass ich sie beide verlasse, denn ich habe mir geholt, was zu holen war. Vor allem bei Mehdi, obwohl seine Zehen so komisch übereinanderstehen …

Seit gestern fällt mein Blick immer wieder zufällig auf Lucas und mich, in Schaufenstern, Gläsern, Spiegeln, glänzenden Tabletts: Wenn wir zur gleichen Zeit lächeln, habe ich das Gefühl, als würden unsere Körper sich berühren, einander durchdringen. Da soll nur einer behaupten, wir wären kein schönes Paar!

Lucas schläft. Der beste Augenblick in der Liebe ist nicht der, in dem man sagt »Ich liebe dich«, er liegt in der Stille zwischen den Laken, in dem Schauder, der über die Haut läuft, in der Ader, die an einem Arm pulsiert, in einem roten Mund, der lächelt, in der heiligen Schamhaftigkeit, von der unsere Nacktheit plötzlich umgeben ist.

Ja, ich gebe zu, dass ich mich mit vielen Jungs eingelassen habe. Ja, ich war unentschlossen und unreif. Aber ich habe niemanden getäuscht. Bei allem, was ich getan habe, war ich voll und ganz dabei, authentisch. Wenn ich etwas nicht getan habe, genauso. Für mich ist jeder Tag ein neuer Tag, als würde die Nacht das Gestern fortwischen. Es stimmt: Ich bin hungrig nach Leben!

Alle um mich herum stellen sich weiter Fragen über Raphaëlles Selbstmord und Julias Selbstmordversuch, was ihre Taten zu bedeuten haben … Ich weniger. Die Motive zu sterben bleiben ebenso mysteriös wie die Gründe zu leben, dunkel, selten ausgesprochen, verborgen in den Tiefen des Körpers oder den Abgründen des Bewusstseins. Unsere Augen dringen nicht in diese Schichten vor, sie wissen nichts von den Wurzeln und dem Saft, die den Baum aufrechthalten, sondern erblicken nur die Oberfläche, den Stamm und die Zweige. Von der unsichtbaren Arbeit, die uns leben oder vergehen lässt, erfasst der menschliche Blick nur das Resultat, niemals die heimliche Aktivität.

Ich habe keinen Anlass, mich zu töten, ebenso wenig, wie ich einen Grund habe, zu leben: Ich werde von einer Strömung geleitet, die stärker ist als ich. Die Kraft, die ich spüre, weckt meine Neugier, meine Gier, sie versetzt mich in Entzücken, erschöpft mich, entspannt mich, treibt mich an, zerstreut mich, macht mich aufmerksam, geduldig, tapfer, wach, wütend, ungeduldig.

Langes Schwafeln, Argumente aneinanderreihen, um dieses Rätsel zu lösen, erscheint mir noch sinnloser, als Netze in den Ozean zu werfen, um das Wasser damit zu fangen. Besser, man empfängt das Unendliche mit offenen Armen, als so zu tun, als könnten wir es in unseren kleinen Maschen festhalten, oder?

Mein Herz ist randvoll. Nachdem Lucas meinen Egoismus befriedigt hat, habe ich nun für die anderen Zuneigung im Überfluss.

Julia … Ist es richtig, eine Person auf ihre Fehltritte, auf eine einzige ihrer Handlungen zu reduzieren? Niemand ist nur gut oder nur schlecht. Verzeihen bedeutet sich bewusst zu werden, dass ein Schicksal fortwährend aus dem Nichts heraus entsteht, dass man es nicht an der Vergangenheit festmachen kann, und noch weniger an einem einzigen Augenblick. Morgen ist nicht gestern.

»Liebe, gib Kraft! Denn Kraft wird Hilfe sein.«

Es gibt nur zwei Verben, die ich mit Sicherheit im Futur konjugieren kann, ich werde lieben, ich werde sterben. Also verkünde ich euch: Bevor ich sterbe, werde ich viel geliebt haben!

Heute Mittag werde ich Blumen auf Raphaëlles Grab legen, und heute Nachmittag besuche ich Julia.

DER LIEBESTRANK

Louise,

wenn meine Worte bei Dir Gehör finden, hallo.
wenn ich nicht zu Dir durchdringe, leb wohl.

Von Deiner Reaktion hängt es ab, ob dieses Schreiben der Beginn oder das Ende unserer Freundschaft sein wird.

Vor mir geht soeben eine fahle Sonne auf, und ich blicke auf Paris, dem der Oktober das elende Aussehen eines kranken Tiers verleiht; all die toten Blätter setzen ihm zu, und dazu der Verkehrslärm, es dürstet nach Frieden, aber vergeblich. Wenn es doch nur schon Winter wäre. Die Mattigkeit des Sommers schwindet dahin, und die Hauptstadt sehnt sich nach Kälte, Trockenheit, Klarheit. Zwei Jahreszeiten sind genug für eine Stadt, eine stickige und eine eisige.

Louise, ich möchte, dass wir dafür sorgen, dass aus unserer versehrten Liebe unbeschwerte Zuneigung wird. Denn Du hast mir, und das glaubst Du mir hoffentlich, in den vergangenen Jahren niemals allein wegen Deiner Haut, Deiner Schenkel und unserer leidenschaftlichen Begegnungen gefallen, sondern ich habe immer auch die Frau bewundert, die Du bist, Deine scharfe Intelligenz, Deine Schlagfertigkeit, Deinen Spott, Deine Begeisterungsfähigkeit. Warum sollte ich zulassen, dass die Entfernung mir auch dieses Wunderbare wegnimmt? Muss ich Dich wirklich verlieren? War der Sex denn die einzige Eintrittskarte?

Ich muss Dir allerdings mitteilen, dass ich von solchen Nachrichten voller Frustration, die an mein Mitgefühl appellieren, oder solch genital gesteuerten Ausbrüchen wie jenes vor Verlangen triefende, hysterische Schreiben, das heute Morgen ungefragt auf meinem Bildschirm erschienen ist und das ich umgehend mit der *Entfernen*-Taste in den Papierkorb befördert habe, nichts wissen will. Unsere Liebesgeschichte ist zu Ende, Louise, finde Dich damit ab, verleugne es nicht. Wir werden in Zukunft nicht mehr miteinander schlafen, und wir wohnen jetzt tausende Kilometer voneinander entfernt.

Wenn eine Tür zuschlägt, öffnet sich eine neue. Lass uns von Liebhabern zu Freunden werden. Was spräche dagegen?

Eine Freundschaft zwischen uns beiden hat es schließlich noch nie gegeben.

Bitte, verdirb unsere guten Erinnerungen nicht, indem Du Dir wünschst, sie wären etwas anderes.

Adam

Adam,

wenn die Freundschaft das Hospiz der Liebe ist, dann hasse ich die Freundschaft.

Louise

Meine liebe Louise,

Liebe und Freundschaft sind nur durch die Haut voneinander getrennt. Haut ist so dünn …

Adam

Das kommt Dir dünn vor? Mir scheint es eine Mauer zu sein.

Louise

Louise,

die Haut ermattet, aber der Geist nicht. Dass die Anziehung zwischen unseren Körpern nachlässt, dass das Bedürfnis unserer Lenden, sich aneinander zu pressen, nicht mehr so groß ist, dass mein Geschlecht in Deiner Gegenwart nun gelassener ist und nicht mehr so stark nach Dir sucht wie in den ersten Jahren, bedeutet nicht, dass ich Dich aus meinen Gedanken verbannt habe, weit davon entfernt. Im Laufe dieses einen Tages hatte ich zum Beispiel den Impuls, Dir von den lustigen Begebenheiten zu erzählen, die mir passiert sind, ich hätte mich gerne mit Dir über ein Buch, einen Film oder eine Musik unterhalten, die ich neu entdeckt habe, ich habe an Dich gerichtete Fragen formuliert, Dir geantwortet, habe Dich hier mit einem Lächeln, da mit einem Seufzer, dann wieder mit irgendeinem Ausruf bedacht; kurz, wir haben uns niemals getrennt.

Wenn ich ehrlich bin, habe ich die Lust im Verdacht, genauso oberflächlich zu sein wie die Haut, derer sie sich bedient. Der Platz, den Du bei mir innehast, ist weit über alle Zuckungen des Körpers erhaben. Mehr, als irgendein gefällig gebauter Körper es je könnte, hast Du Dich meiner Gedankenwelt, meiner Zukunft und meinen Erinnerungen eingeprägt.

Ja, die Haut nutzt sich ab, bekommt Falten, trocknet aus, aber der Geist wird stärker. Freundschaft ist die logische Fortsetzung wahrer Liebe. Als ich sie Dir antrug, ist mir nicht in den Sinn gekommen, dass ich Dich damit verletzen könnte.

Adam

Adam,

jedes Zugeständnis fällt mir schwer. Eine Freundschaft, die auf Liebe folgt, würde ich als Demütigung empfinden. Der Gedanke, aus einer großen Leidenschaft eine kleine, gemütliche Ein-Zimmer-Wohnung zu machen, reizt mich überhaupt nicht, da finde ich mich lieber gleich auf der Straße wieder.

Mach's gut.

Louise

Louise, Louise, Louise …

meine Wilde, meine Starrköpfige, wie Du Dich aufbäumst! Dann lautet Deine Devise also alles oder nichts? Entweder die ganze Louise oder gar keine Louise? Feuer oder Asche, von der Glut willst Du nichts wissen …

Schöne Verrücktheit!

Doch Verrücktheit allemal …

Du willst das Absolute, doch solch ein Idealismus führt ins Unglück. Deine hohen Ansprüche werden nur Deine Unzufriedenheit nähren. Je mehr Du isst, nach umso mehr verlangt es Dich. Wenn alles, was Du erlebst, stets perfekt sein muss, allumfassend und exklusiv zugleich, dann kannst Du das Leben gleich bleiben lassen. Keine Beziehung wird Deinen hohen Ansprüchen je gerecht werden; so findest Du vielleicht eine Traumliebe, aber niemals die wirkliche Liebe.

Ich mache mir Sorgen um Dich, Louise … Es kommt mir so vor, als ob Du aus unserer Geschichte hervorgehst wie eine Witwe, die versucht, das Paar durch ihre Trauer fortleben zu lassen. Ist für Dich der Schmerz der Ersatz für die Leidenschaft? Willst Du Dein ganzes Leben jetzt in schwarz hüllen? Ich erkenne Dich nicht wieder.

Dein einstiger Liebhaber, der trotzdem Dein Freund ist,

Adam

Louise,

schmollst Du?
Hasst Du mich?
Bist Du dabei, mich zu vergessen?

Dein Adam

Louise,

antworte mir bitte, auch, wenn Du mir nur Unfreundliches zu sagen hast.

Wenn Du nicht reagierst, steige ich morgen in ein Flugzeug.

Adam

Lieber Adam,

ich habe mich sehr über Deinen Brief amüsiert!

Du meinst also, ich würde unsere Trennung verleugnen? Dein Stolz macht Dich blind … Vergiss nicht, dass ich diejenige war, die fortgegangen ist.

Es war meine Entscheidung, dass zwischen uns ein Ozean liegen soll; einer Eingebung folgend, habe ich ohne zu zögern alles verändert, von meiner Wohnung über meine Kleidung bis hin zum Klima, zu Längen- und Breitengrad. Du bleibst in Paris wohnen, während ich in Québec ein neues Leben anfange.

Ich eine Witwe? Und untröstlich? Du machst Dir etwas vor, Adam, wenn Du annimmst, dass das Getrenntsein von Dir sich für mich als unerträglich herausstellt, dass ich verstört und angeschlagen zurückbleibe … Du scheinst mir von uns beiden derjenige zu sein, der mit unserer neuen Situation am Schlechtesten zurechtkommt, so sehr wie Du mich bedrängst, mir Deine Fürsorge, Deine Qualen, Deine Einsamkeit vor die Füße wirfst, mir Deine alltäglichen Gedanken mitteilst und Dich über meine kurz angebundenen Antworten beklagst.

Ich habe kaum freie Zeit übrig, die ich Dir widmen könnte, mein Lieber. Vergiss nicht, dass ich gerade dabei bin, mir hier in Montreal etwas aufzubauen, dass ich versuche, zahlreiche Probleme zu lösen – amtliche Papiere,

Steuererklärung, Miete, Einrichtung. Natürlich erhalte ich von der Anwaltskanzlei, die mich eingestellt hat, bei diesen Schritten Unterstützung, aber ich habe auch bereits Klienten übertragen bekommen, in deren Fälle ich mich einarbeiten muss. Der Tag müsste mehr als vierundzwanzig Stunden haben.

Dennoch setze ich mich heute Abend an den Bildschirm, um Dir ein paar Zeilen zukommen zu lassen.

Ja, unsere Liebesgeschichte, die fünf Jahre gedauert hat, war so heftig wie ein Sturm, und ich hatte nie zuvor eine solche Beziehung erlebt, in der die Körper, die Seelen, die Münder, Hände, Vorlieben und Gedanken derart miteinander verschmolzen wären. So viel Intensität hat mich dazu verleitet anzunehmen, unsere Verbindung müsste von Dauer sein: Doch ich musste meine Illusionen aufgeben … Unsere Leidenschaft hat nachgelassen, zuerst von Deiner, dann auch von meiner Seite, und irgendwann hast Du ganz offen damit begonnen, Dich mit anderen Frauen zu treffen. Oh, Deine Offenheit werfe ich Dir nicht vor, denn dadurch habe ich Zeit gespart: Während so manche Liebe am Zweifel stirbt, ist meine Liebe an der Gewissheit gestorben. Also habe ich die Sache beendet.

Obwohl unser Zerwürfnis mich gequält hat, komme ich nun, da wir uns voneinander entfernt haben, zur Ruhe. Je stärker die Bindung gewesen ist, umso leichter geht der Bruch vonstatten. Es wird allgemein unterschätzt, wie wohltuend eine Trennung sein kann; ich bin der Ansicht, dass einer Scheidung ein ebenso großes Gewicht zukommt wie einem Kennenlernen, weil auch sie die Entscheidung für eine Lebensform ermöglicht. Derzeit, muss ich Dir gestehen, fühle ich mich geradezu beschwingt, denn Leidenschaft und Verliebtheit beinhalten auch etwas sehr Demütigendes, das ich gerne hinter mir lasse.

Endlich allein. Und endlich glücklich.

Daran liegt es, dass Deine Briefe seit meinem Umzug gar nicht richtig an mich herangekommen sind, blässliche Botschafter einer längst vergangenen Welt, veraltet wie Postkarten, die einen erst auf Umwegen erreichen, wenn die Farben bereits bis zur Unkenntlichkeit verblichen sind.

Deshalb ist es ein glücklicher Zufall, dass der Abend, den ich am Place des Arts verbracht habe, mir Lust gemacht hat, Dir zu schreiben. Stell Dir vor, dort wurde nämlich *Der Liebestrank* aufgeführt, ausgerechnet das Werk, zu dem uns Paola und Frédéric vor fünf Jahren in die Pariser Oper mitgenommen haben, so dass wir uns dort zum ersten Mal begegnet sind.

Irgendwo tief in meinen Hirnwindungen hat ein einfältiger, wehmütiger, schwärmerischer Teil von mir damit gerechnet, ich würde bei der Auffrischung dieser Erinnerung in Schluchzen ausbrechen … aber keine Nostalgie und auch keine verstohlene Träne stellte sich ein, im Unterschied zum Tenor, der *Una furtiva lacrima* noch einmal als Zugabe singen musste. Anstatt mitzuleiden, habe ich eingehend über den eigentlichen Kern der Handlung nachgedacht: Wie oder wodurch lässt sich Liebe herbeiführen?

Du erinnerst Dich doch sicher, dass Adina, die schöne Dorfbewohnerin, die Geschichte liest, nach der ein Liebestrank zwei junge Leute miteinander verbunden haben soll, Tristan und Isolde. Existiert solch ein Zaubertrank? In dieser Komödie enthält die Flasche, die ein Scharlatan dem ausgelassenen Nemorino verkauft, allerdings lediglich Bordeauxwein, aber trotzdem ging mir die Frage nicht mehr aus dem Kopf. Gibt es irgendein Mittel, mit dem man die Leidenschaft entfachen kann?

Du kannst beruhigt sein, weder suche ich nach diesem »Liebestrank«, um ihn mir selbst zu verabreichen, noch um ihn irgendjemandem einzuflößen – sei es Dir oder jemand anderem –; aber ich sehe darin einen möglichen Weg, dem Wesen dieses Gefühls auf die Schliche zu kommen. Beruht die Liebe auf einem stofflichen, chemischen Prozess, einem Gemisch von Molekülen, das durch die Wissenschaft nachgebildet werden kann? Oder handelt es sich um ein Wunder spiritueller Natur?

Du wolltest Freundschaft … Gut, dann lass uns diese Freundschaft damit eröffnen, dass wir gemeinsam über die Liebe nachdenken.

Louise

Meine liebe Louise,

Deine Antwort hat mich erleichtert, denn ich war wirklich in Sorge.

Dein überstürzter Aufbruch, Dein Brief, in dem Du mich plötzlich bedrängt hast, zu Dir zurückzukommen, und dann Deine Zurückhaltung im Anschluss an meine prompte Erwiderung haben mich befürchten lassen, dass Du all Deine Energie darauf verwendest, traurig zu sein. In meinem Beruf bin ich einer ganzen Reihe von Patientinnen begegnet, denen das Leiden nach einer Trennung zu einer Gewohnheit wird, die alle anderen Empfindungen verblassen lässt, neue Freuden verhindert und den Blick auf das Leben verändert, bis es unerträglich erscheint. Jene Frauen geben sich wahren Orgien der Verzweiflung hin, in denen sie sich die größte Mühe geben, sehr, sehr unglücklich zu sein, so unglücklich, wie es nur irgend geht. Sofern sie nicht Selbstmord begehen, fristen sie ihre Tage von da an in versteinertem Gram, als lägen sie im Sterben oder würden von einem bösartigen Geschwür allmählich verzehrt.

Du dagegen hast Deinen Biss nicht verloren – darüber bin ich sehr froh. Also lass mich Deine Zähne spüren.

Auf eine Deiner Zeilen möchte ich Dir etwas entgegnen, und zwar auf die, in der Du meine Untreue erwähnst.

Männer machen Liebe um des Vergnügens willen, nicht, um damit auszudrücken, dass sie jemanden lieben. Wenn ich Affären hatte, so hat meine Zuneigung für Dich dadurch keinen Schaden genommen, ich habe Dich nicht weniger bewundert, es ging mir nur darum, Vergnügen zu bekommen und zu geben.

Der Grund dafür, dass die Beziehungen der Menschen so kompliziert sind, ist ein riesengroßer Irrtum: nämlich die Vorstellung, Sex und Gefühl würden ein und demselben Bereich angehören. Dabei herrschen Sex und Liebe jeweils über zwei verschiedene Gebiete. Dringt die Liebe in das Feld der Sexualität ein, so lässt diese – braves Mädchen – sie gewähren, was aber nicht bedeutet, dass zwischen Begehren und Zuneigung irgendein Zusammenhang bestünde.

Meine liebe Louise, meine Begeisterung für Dich hat meine Bedürfnisse nicht gemindert, und dass wir uns so gut verstanden haben, hat weder meine Sinne beruhigt noch meine Wünsche in den Hintergrund treten lassen. Aus welchem Grund hast Du meine vorübergehenden Abenteuer mit schönen Zufallsbekanntschaften als eine gegen Dich gerichtete Beleidigung aufgefasst? Ja, weshalb warst du überhaupt der Meinung, dass sie Dich in irgendeiner Weise betreffen? Nichts davon hatte irgendetwas mit Dir zu tun.

Man sollte die Begrifflichkeiten einer Revision unterziehen und diese beiden verschiedenen Welten, die des Geschlechtlichen und die der Liebe, sorgfältig voneinander isolieren, indem man jede sprachliche Überschneidung beseitigt.

Darum ist die Freundschaft in meinen Augen eine reine, beispielhafte, hell strahlende Beziehung, weil nicht vom Fleischlichen verdorben, dem Sich-Aneinanderreiben oder dem Austausch von Körperflüssigkeiten. Im Grunde ist sie der unmittelbare Weg der Liebe. Mein Angebot gilt also immer noch.

Dein Adam

PS Was Deine Frage nach dem »Liebestrank« angeht, so antworte ich natürlich mit nein. Es gibt keine Substanz, die Leidenschaft hervorrufen kann. Und auch kein Verhalten, ganz egal, was die Methoden der Aufreißer oder die Prahlereien verführerischer Sirenen uns weismachen wollen. Unwichtig, was wir Liebe nennen – Begehren oder Gefühl –, auf welche Weise das Feuer entfacht wird, ist und bleibt ein Geheimnis.

Adam,

hast Du das mitbekommen?

Ein Paparazzo hat Kanadas Premierminister in den Armen seiner Geliebten überrascht, während er sie gerade auf den Mund küsste. Die Leute hier reden von nichts anderem mehr … Die Opposition fordert seinen Rücktritt, seine politischen Verbündeten verurteilen die puritanische Medienhetze, und die Meinungen der Bevölkerung gehen auseinander. Die Sache mag ihn zwar noch nicht sein Amt kosten, aber sein Ansehen leidet bereits massiv darunter.

Habt Ihr in Frankreich davon etwas mitbekommen? Und Du, was denkst Du darüber?

Louise

Er ist schuldig, weil er Ehebruch begangen hat?

Ich sage: Er ist schuldig, weil er geheiratet hat!

Wie kann man vor einen Standesbeamten oder einen Priester treten, um zu versichern, dass man niemals eine andere Frau anrühren wird als die eigene? Welcher vernünftige Mann würde so etwas sagen, wenn man ihn nicht dazu zwingen würde?

Meiner Ansicht nach ist nicht der Ehebruch anzuprangern, der mir nur ein gesundes Erwachen der Natur zu sein scheint, sondern die Heirat mit ihrem Keuschheitsgelübde.

Adam

PS Ja, es wird hier viel über Deinen Premierminister diskutiert. Sein Schicksal ist uns im Grunde zwar egal, aber er bietet jedem die Gelegenheit, die sexuelle und moralische Einstellung seiner Bekannten zu überprüfen. So dient er uns gewissermaßen als Kompass.

Adam,

als ich heute Morgen bei meiner Nachbarin vorbeigeschaut habe, um mich mit ihr ausführlich über den neuesten Klatsch und Tratsch auszutauschen, hat ihr Kater mir vor Augen geführt, dass Du meine Frage nach dem Liebestrank zu leichtfertig beiseite gefegt hast …

Rrrou – so heißt das Katzentier – näherte sich einer Topfpflanze, blieb abrupt davor stehen, zog die Oberlippe hoch, atmete durch den Mund, legte die Stirn in Falten und fing an, mit steifen Beinen seine rosafarbene Schnauze an dem Kraut zu reiben, und dabei vibrierte seine Kehle vor Schnurrgeräuschen, die immer lauter wurden, irgendwo zwischen Gesang und Unbehagen. Ein paar Sekunden lang streifte er wie toll mit hochgerecktem Schwanz, glitzernder Iris und kurzatmig um die Pflanze herum.

»Das ist Katzenminze«, klärte meine Nachbarin mich auf, als sie meine Verblüffung bemerkte. »Sie hält Insekten fern und lockt Katzen an.«

Rrrou fauchte, verärgert darüber, dass die grünen Halme nicht auf seine Annäherungsversuche eingingen.

»Das Nepetalacton ist ein Terpen, das in seinem Hirn die Ausschüttung von Sexualpheromonen anregt«, erläuterte sie, als würde es sich um etwas vollkommen Banales handeln.

Im ersten Moment wusste ich nicht, was mich mehr faszinierte, Rrrous Verhalten oder das Vokabular meiner Nachbarin.

»Auf Tiger wirkt es übrigens auch anregend«, fügte sie hinzu.

»Und auf Menschen?«

»Auf die hat es eine einschläfernde Wirkung.«

Als sie das sagte, mussten wir beide lachen, sie, weil sie sich über die Menschen lustig machte, und ich, weil ich daraus schloss, dass unsere besten Liebesabenteuer sich im Traum ereignen.

Im Büro habe ich meine Mittagspause genutzt, um mich weiter schlauzumachen. Schon seit Tausenden von Jahren werden alle möglichen Liebestränke, Zauberelixiere, Parfums, Gebete, Rituale, esoterische Formeln empfohlen; allein die Quelle variiert – Medizin, Religion, Aberglaube, weiße, rote oder schwarze Magie. Die selbsternannten Gurus in der Pariser Metro, die uns so schön zerstreuen, wenn sie ihre Faltblätter an die Fahrgäste verteilen, in denen die Verzauberung des begehrten Wesens oder die Rückkehr der oder des Erwählten versprochen wird, bewegen sich in einer langen Tradition, die davon ausgeht, dass nicht der Zufall unsere Gefühle beherrscht. Und wenn wir uns verlieben, so verfangen wir uns in Wirklichkeit im Netz einer anderen Person. Wir sind manipuliert worden, damit wir uns darin verstricken.

Denke noch einmal gründlich darüber nach und sage mir, was Du davon hältst.

Louise

PS Wie lebst Du? Ich möchte wissen, wie Du Deine Tage verbringst. Gibt es eine neue Frau?

Nicht eine Frau, mehrere.

Keine hat Deinen Platz eingenommen, Louise.

Adam

Mehrere Frauen …

Haben sie keine Vornamen? Keine Persönlichkeit? Ich ärgere mich über Dich, Adam. Warum tun Männer immer so, als würden sie die, die sie begehren, geringschätzen?

Frauen also …

Bist Du dieser endlosen Jagd nicht längst müde?

Ich an Deiner Stelle würde vor Langeweile sterben.

Das Aneinanderreihen von Abenteuern hat nichts Abenteuerliches mehr an sich.

Louise

Die Jagd reizt mich mehr als die Beute.

Adam

Nennt man so was in Deiner Sprache nicht eine Neurose oder Zwangsstörung?

Louise

Das nennt man eine gesunde Einstellung zum Leben.

Nicht unsere Wünsche machen uns zu schaffen, sondern die Tatsache, dass sie, einmal erfüllt, sofort wieder neu entstehen, so als wüssten sie nichts davon, dass man sich auch mal zufrieden zurücklehnen kann.

Und Du, hast Du Dir einen Liebhaber gesucht? Mehrere? Begegnen Dir Männer, die Dir gefallen?

Adam

Niemand.
Ich sehe die Rosen, spüre aber nur noch ihre Stacheln.

Louise

PS Und der Liebestrank? Du redest über Dich und vergisst dabei, auf die Fragen zu antworten, die mich umtreiben.

Liebe Louise,

in Wirklichkeit hast Du recht: Es gibt ihn, den Liebestrank!

Heute Morgen beim Rasieren ist mir eingefallen, welches das sichere Mittel ist, um Liebe herbeizuführen.

Ha, was für ein glücklicher Zufall! Aber was für eine Farce auch andererseits … Ich mache mich schon seit Stunden darüber lustig, so dass ich echte Schwierigkeiten habe, mich darauf zu konzentrieren, was meine Patienten mir erzählen. Daher nehme ich mir jetzt zwischen zwei Terminen eine Minute Zeit, um Dir meine Entdeckung anzukündigen, kann es aber kaum erwarten, Dir Ausführlicheres mitzuteilen.

Dein Adam

Lieber Adam,

bist Du fertig?
Ich kann's kaum erwarten, wieder von Dir zu lesen.

Louise

Adam,

Du Grausamer! Seit Deiner letzten Nachricht lauere ich minütlich auf Post. Die Spannung, der Du mich aussetzt, schadet meiner Arbeitsleistung; wenn Du zu lange wartest, verliere ich meinen Job, und Du bist schuld daran!

Louise

Meine liebe Louise,

jetzt bin ich endlich zu Hause und lasse die Bombe platzen: Es liegt in meiner Macht, zu erreichen, dass jede beliebige Frau sich in mich verliebt.

Errätst Du es nicht?

Adam

Adam,

Du hast Charme, bewegst Dich gut, hast Schultern zum Anlehnen, Du riechst gut, eine zufällige Berührung mit Deinen warmen Händen ruft angenehme Schauer hervor, Deine höfliche, galante Art schmeichelt den Frauen, man fühlt sich wohl mit Dir, weil Du kultiviert und humorvoll bist, und wenn Du mit einer Frau flirtest, kann sie Dein Begehren in Deinem Blick lesen, und schließlich erweist Du Dich als ein ausgezeichneter Liebhaber, aber all diesen Qualitäten, mein Lieber, mögen sie auch noch so zahlreich sein, kann man widerstehen – auch wenn diejenige, die Dir hier schreibt, einst nicht wusste, wie sie sich davor schützen konnte. Bilde Dir nicht ein, jede meiner Freundinnen wäre gerne an meiner Stelle gewesen … Deshalb frage ich, was es sein könnte, das Dich triumphieren ließe? Abgesehen von Deiner Selbstgefälligkeit, die an Selbstverliebtheit grenzt …

Ein ehemaliges Opfer

Meine liebe Louise,

danke für das schmeichelhafte Porträt, bei dem ich direkt Lust bekomme, mich kennenzulernen, ja sogar einen Flirt mit mir einzugehen.

Du hast recht, ich bin kein großer Verfechter der Bescheidenheit, weil ich sie für eine Schwäche halte. Ruhm ist niemals der Abglanz der Zurückhaltung, sondern eher der des Größenwahns, denn aus Genügsamkeit ist noch nie etwas Großes entstanden. Der Einzelne wird allein von seinem Stolz angetrieben, darüber hinaus bedarf es nur noch einer Prise Eitelkeit, damit sich seine Kräfte voll entfalten. Mir genügt es, nach außen hin bescheiden zu wirken, denn ich habe festgestellt, dass die Bescheidenheit die Form der Arroganz ist, mit der man die Mittelmäßigen am wenigsten gegen sich aufbringt.

Allerdings hast Du in Deiner Beschreibung ein Element vergessen, liebe Louise, nur ein einziges, aber das, worauf es ankommt: meinen Beruf als Psychoanalytiker.

Meine Tätigkeit, da bin ich mir sicher, erlaubt es mir, Verliebtheit herbeizuführen. In der Therapie gelangt man irgendwann an einen Punkt, an dem der Patient seine Erwartungen und unterdrückten Gefühle auf die Person projiziert, die ihn behandelt; er verliebt sich in seinen Therapeuten und wünscht sich, eine exklusive Beziehung mit diesem einzugehen, sei es körperlicher oder freundschaftlicher Art.

Während dieser Phase verliert der Kranke jegliches Interesse an seiner Behandlung und erscheint nur noch mit dem Ziel zu den Sitzungen, ein Abenteuer zu erleben. Sigmund Freud hat diese Phase als Übertragung bezeichnet und erklärt, sie werde durch die psychoanalytische Situation hervorgerufen.

Während unserer Ausbildung wurde uns beigebracht, wie man damit umgeht, damit die Analyse wieder auf den Weg der Heilung zurückgeführt wird. Ich habe selbst mehrfach gegen diese *Avancen* angekämpft, die in Wirklichkeit etwas *Abschreckendes* an sich haben. Ich weiß nicht, ob es klug von mir ist, Dir zu gestehen, dass ich es als lobenswert erachtet habe, zwei oder drei wunderschöne Frauen zurückgewiesen zu haben, die sich mir rückhaltlos ausgeliefert haben.

Ich habe ihn also entdeckt, Deinen Liebestrank.

Welche Belohnung habe ich mir damit verdient?

Viele Grüße von dem, der seine teuflischen Fähigkeiten nicht bei Dir anzuwenden gedenkt,

Adam

Louise,

was ist los?
Vor drei Tagen hast du mich angefleht, Dir zu schreiben, und seitdem ich Dir geantwortet habe, schweigst Du.

Adam

Lieber Adam,

an gewisse Dinge muss man sich gewöhnen, bevor man Geschmack daran findet: Kaffee, Zigaretten, Brokkoli, die Einsamkeit.

Ich strenge mich an, mich mit Letzterer anzufreunden, denn sie ist meine neue Gefährtin.

Louise

Louise,

ich will nicht glauben, dass meine Nachricht Dir Kummer bereitet hat.

Ist Dir irgendetwas zugestoßen?

Adam

PS Es erschreckt mich, wie lustlos Du klingst.

Adam,

seltsam, wie ungeduldig die Entfernung Dich macht! Ich kann mich nicht erinnern, dass Du so leicht zu beunruhigen warst, als wir beide in Paris lebten …

Du kannst beruhigt sein: Keine Neuigkeiten aus der Rubrik *Vermischtes*. Weder bin ich unter ein Auto geraten noch in den Sankt-Lorenz-Strom gefallen; mein Magen hat das Wapiti-Steak, die Poutine und den Ahornsirup überlebt.

Entschuldige, dass ich so mit der Tür ins Haus falle, aber könntest Du mir einen Gefallen tun?

Ja? Danke.

Genaugenommen sind es drei Dinge, um die ich Dich bitten möchte:

1) Mir eine Flasche von meinem Parfum zu schicken, *Cuir de Russie*, das sehr schwer zu bekommen ist. Man kann es nur im Stammhaus von Chanel in der Rue Cambon kaufen. Das Geld bekommst Du natürlich von mir zurück.

2) Nachsehen, ob sich bei Deinen Sachen vielleicht eine wertvolle Ausgabe der *Liaisons dangereuses* (›Gefährliche Liebschaften‹) befindet. Ich kann sie in meinen Kartons nirgendwo finden. Natürlich könnte ich mir den Text überall besorgen, aber dieses Exemplar aus braunem Leder und feinem, aber reißfestem Dünndruckpapier ist das einzige Geschenk meines Vaters, das ich noch besitze.

3) Könntest Du einer meiner Anwaltskolleginnen aus der

Patsche helfen, die bald nach Frankreich kommt? Sie sucht nach einer nicht zu teuren Bleibe in Paris – sprich nach der Stecknadel im Heuhaufen –, und da ist mir wieder eingefallen, dass Dein Cousin Simon doch diese kleinen Dachgeschosswohnungen vermietet … Sie sind charmant, gut gelegen und passen zu ihrem Budget. Wenn Du mir grünes Licht gibst, gebe ich ihr Deine Kontaktdaten.

Was Deinen Liebestrank angeht, Lieber, so denke ich darüber nach und informiere mich zu dem Thema. Du müsstest sicher lächeln, wenn Du Deine Louise sehen könntest, wie sie sich während ihrer Metrofahrten, inmitten der anderen Fahrgäste, die alle entweder in Krimis oder Liebesromanen schmökern, über Sigmund Freuds Texte zur Psychoanalyse beugt. Und obwohl diese Lektüre doch eigentlich nicht gerade einladend wirken dürfte, hat sie mir Annäherungsversuche von unglaublich schlanken und groß gewachsenen Studenten eingebracht.

Bis bald, auf meinem Schreibtisch stapeln sich die Akten.

Louise

Liebe Louise,

heute Morgen habe ich das Parfum und das Buch per Eilsendung an Dich verschickt. Beides verströmte Deinen Duft, rassig, ungezähmt, fruchtig, geheimnisvoller Weihrauch gemischt mit Mandarinenschale, und zwar so deutlich, dass ich vorübergehend den Eindruck hatte, Dich zu verpacken und anschließend einem Unbekannten zu übergeben, dem Kurierboten, der mir mit seinem roten Gesicht und den rauen Händen wenig vertrauenerweckend erschien.

Und auch was Deine Kollegin aus der Kanzlei angeht, habe ich mich bereits um alles gekümmert. Sie braucht nur bei mir zu klingeln, und dann bringe ich sie zu einer der Wohnungen in der Rue Réaumur.

Verzeih mir, wenn mein Schreiben diesmal recht kurz ausfällt. Heute hat einer meiner Patienten versucht sich umzubringen, und ich muss mich um ihn kümmern. Der Vorfall erschüttert mich zutiefst.

Zwar versichert mir mein Kollege, Frédéric Roux, der sich die Akte angesehen hat, dass mich keine Schuld an dieser Tat trifft, aber wenn einer meiner Kranken sich töten will, dann quält mich das.

Dir einen schönen Tag, der für Dich ja gerade erst anfängt, von dem, der sich wünscht, er läge bereits hinter ihm.

Adam

PS Seit einer Woche schlummert Paris im Regen. Die Schauer, die auf dem Lande eine belebende Wirkung haben, machen aus der Stadt einen traurigen Ort, indem sie sie mit einem düsteren Schleier überziehen.

Louise,

Du hast mir verschwiegen, dass es sich bei Deiner Kollegin aus Quebec – von uns Franzosen ja auch »La Belle Province« genannt – um eine wunderschöne Frau handelt. Jung, arglos, aber dennoch selbstbewusst. Dazu eine göttliche Figur. Vergissmeinnichtfarbene Augen. Hätte ich das gewusst, hätte ich ihr meine Wohnung zur Verfügung gestellt.

Was für ein Typ Frau ist denn diese Lily?

Adam

Sie soll mehrere Affären gehabt haben, von denen aber keine von Dauer war.

Sie ist ungebunden, ohne festes Ziel, glücklich, sich in Europa umsehen zu können, und glaubt – wie wohl jede junge Frau –, dass sie bereits erwachsen sei.

Louise

Kann ich sie zum Essen einladen, was meinst Du?

Adam

Lass die Finger davon, Leichtsinniger! Die Kanadierinnen haben keine Antennen für die Höflichkeit des Alten Kontinents: Sie würde glauben, dass Du sie anbaggern willst.

Louise

Und wenn schon! Ist das denn verboten?

Adam

Verstehe …

Falls Du sie für Dich gewinnen willst, solltest Du jedenfalls besser nicht damit anfangen, sie zu umgarnen. Die Kanadierinnen ergreifen von sich aus die Initiative, andernfalls schlägt man sie in die Flucht.

Ja, ich weiß, was Du jetzt vor Dich hin murmelst: Was für ein merkwürdiger Menschenschlag! Aber man muss verstehen, dass dieses Verhalten vor allem mit dem Aufwachsen in Nordamerika zu tun hat: Feminismus und Anti-Chauvinismus. Hier haben es die Männer nicht so leicht wie in Europa.

Louise

PS Hinzu kommt, dass Du ihrem bevorzugten Typ Mann nicht entsprichst. Nach allem, was man mir hier erzählt, steht sie auf sportliche Partner, Basketballer oder Hockeyspieler, viel jünger als Du – sprich: in ihrem Alter.

Liebe Louise,

ich weiß nicht, ob Deine Ratschläge darauf abzielen, mir dabei zu helfen, sie zu erobern, oder mich davon abzuhalten.

Obwohl ich nicht so recht weiß, warum, gehorche ich Dir. Vielleicht, weil es mir gefällt, Dir zu gehorchen?

Dein Adam

PS Eine gute Nachricht: Meinem Selbstmörder geht es langsam besser.

Und der Regen hat aufgehört.

Lieber Adam,

Dein Liebestrank hat mich zwei Wochen lang intensiv beschäftigt.

Ich habe viel darüber gelesen, studiert und nachgedacht, so dass ich Dir nun antworten kann.

Du machst Dir etwas vor, was die Unfehlbarkeit Deiner Methode angeht.

Als die Liebe dank der psychoanalytischen Behandlung entfesselt wurde, steckte die ganze Praxis noch in den Kinderschuhen, das war zur Zeit der Pioniere Freud, Ferenczi, Jung, Jones. Anscheinend hat selbst Otto Rank diese Projektionen oft ausgenutzt, um ungeniert Abenteuer mit seinen schönen Patientinnen zu erleben, darunter auch Anaïs Nin …

Aber diese Art der Übertragung ist seltener geworden.

Weshalb?

Die psychoanalytische Therapie hat sich kaum verändert, die Epoche hingegen sehr wohl!

Am Ende des 19. Jahrhunderts und im ersten Viertel des 20. Jahrhunderts wurde über die Libido nicht gesprochen; nicht nur, dass Schamgefühl und Einfluss des Christentums es verboten, damals fehlten den Menschen auch schlicht die Worte und Konzepte dafür. Heute leben wir allerdings in einer völlig anderen Welt. Filme, Romane, Zeitungen, Magazine, Fernsehshows, Radiosendungen, Webseiten und

Blogs verbreiten pausenlos einen Diskurs zum Thema Sex, das kein Tabu mehr darstellt.

Daher glaube ich, dass Ihr Euch irrt, Freud oder Du, wenn Ihr glaubt, dass die Verlagerung von erotischen Gefühlen auf die Person des Arztes zum analytischen Prozess dazugehört. Diese Art der Übertragung wird nicht durch irgendeinen inneren Automatismus hervorgerufen, weit gefehlt, sondern durch die äußeren Umstände. In der hergebrachten Ordnung, in der noch die Sprachlosigkeit vorherrschte, war es für den Patienten so erregend, einem Unbekannten, der sich dafür interessierte, von seinen Wünschen, seiner Frustration, seinen Phantasien zu erzählen, dass der Therapeut dadurch etwas Verführerisches bekam; in einer Gesellschaft dagegen, in der jeder mit jedem über seine Begierden spricht, wird er ungerührt seine Behandlung fortsetzen. Das Verschwinden dieser Art von Übertragung ist die Strafe für die Frivolität unserer Gesellschaft.

Die Begründer der Psychoanalyse hatten den Platz des Priesters in der warmen Höhle des Beichtstuhls eingenommen; sie gewannen dort, ähnlich wie zuvor die Priester, einen körperlich spürbaren Einfluss, der in erster Linie mit der strengen Umgebung, dem Kult des Geheimnisses und dem Mangel an Begriffen für alles Sinnliche zu tun hatte.

Daher bin ich der Meinung, dass Du die erotische Macht der Psychoanalyse überschätzt.

Oder Du musst Dich in irgendein prüdes und totalitäres Regime begeben, um dort Deinen Beruf auszuüben.

Wie wär's mit Nordkorea?

Deine Louise

Louise,

willst Du mich provozieren?

Dann werde ich Dir also, bevor ich die Geburtenrate von Pjöngjang in die Höhe treibe, beweisen, dass ich recht habe.

Und zwar habe ich heute Morgen mit der Beweisführung begonnen.

Deine Kollegin Lily, die Göttin aus der Kälte, die ihre hohen Stiefel trägt, als wären es Schneestiefel, und der gar nicht auffällt, dass sie den Parisern damit Angst einjagt, hat mich gefragt, ob sie eine Analyse bei mir machen könnte.

Obwohl ich eigentlich keine Kapazitäten für einen weiteren Patienten habe, habe ich eingewilligt.

Deinetwegen.

Erstens hast Du, indem Du mich davon abgehalten hast, sie zu verführen, ermöglicht, dass ich sie nun in die Reihe meiner Patienten aufnehmen kann.

Und zweitens, weil ich auf diesem Weg beweisen werde, dass ich den Liebestrank – Deine Skepsis hin oder her – sehr wohl besitze.

Irgendwelche Einwände, Euer Ehren?

Adam

Adam,

was Du da vorhast, ist äußerst niederträchtig.
Ich bin dagegen.

Louise

PS Und wenn ich Lily warne?

Meine arme Louise,

die simple Tatsache, dass Du es mir androhst, sagt mir, dass Du es nicht tun wirst.

Adam

Adam,

ich bin nicht und ich werde niemals Deine »arme Louise« sein.

Auch wenn Lily keine Freundin von mir ist, protestiere ich gegen das, was Du im Schilde führst. Nicht genug, dass sie in eine Falle geraten ist, darüber hinaus wird es so aussehen, als hätte ich sie in diese Gefahr gebracht, indem ich sie an Dich verwiesen habe, damit sie eine Wohnung findet und anschließend auf Deiner Couch landet, um Deine libidinöse Eitelkeit zu befriedigen.

Hör sofort auf mit diesem unverschämten Betrug, sonst breche ich den Kontakt zu Dir ab.

Louise

PS Ich frage mich, wie es sein kann, dass Du mir missfällst, nachdem Du mir einmal so sehr gefallen hast? Bin ich bloß einer Illusion aufgesessen, als ich Dich anziehend gefunden habe? Nun, da meine Enttäuschung mich klarer sehen lässt, kommt unsere Verbindung mir im Nachhinein wie die Geschichte eines Schwindels vor.

Zu spät, Louise.

Ich bin nicht der tugendhafte Mann, den Du Dir erhoffst. Ich habe meinen eigenen Kopf. Man kann von einem Apfelbaum nicht verlangen, dass er Orangen hervorbringt.

Adam

Adam,

weiße Fahne, ich kapituliere!
Ich sehe ein, dass Du recht hast.
Der Krieg ist vorüber.
Du verfügst tatsächlich über die moderne Version des Liebestranks: Die Psychoanalyse ruft mit Sicherheit Leidenschaft beim Patienten hervor.

Ich habe Dir neulich nur widersprochen, weil es mir so gefällt, Dir zu schreiben, und um mich ein wenig aufzuspielen; aber eigentlich habe ich nicht im Geringsten an das geglaubt, was ich geschrieben habe.

Deine Louise

PS Du kannst mit Deiner Beweisführung aufhören, Du hast gewonnen.

Liebe Louise,

»weil es mir so gefällt, Dir zu schreiben«. Endlich mal ein freundliches Wort … Das erste seit unserer Trennung.

Ich freue mich, dass Du von neuem meine Gesellschaft suchst. Wer sein Leben damit verbringt, einem verlorengegangenen Gefühl hinterherzutrauern, erweitert damit nicht seine Fähigkeit zu lieben, sondern erreicht nur, dass er für neue Empfindungen nicht empfänglich ist, weil er es vorzieht, seine Bitterkeit zu pflegen. Sind das etwa die ersten Knospen einer Freundschaft?

Was Lily angeht, so kann ich Dich beruhigen: Schon nach wenigen Sitzungen haben meine beruflichen Reflexe die Oberhand gewonnen. Seitdem aus Deiner Kollegin meine Patientin geworden ist, habe ich aufgehört, über ihre extravagante Vorliebe für enganliegende Kleidung nachzudenken, die ihre Schlankheit und ihre Rundungen so wirkungsvoll hervorhebt. Ich nehme weniger Notiz von ihrem golden leuchtenden Teint, ihrem weichen Haar, das locker in ihrem Nacken flattert, oder ihren unglaublich langen Beinen. Ich verschanze mich vielmehr hinter einer Mauer. Sobald ich in gebührendem Abstand zu ihr Platz nehme, um ihr zuzuhören, verschwindet der Mann, und zurück bleibt nur ein ernsthafter Psychoanalytiker.

Dein Freund Adam

PS Ich finde es geradezu deprimierend, wie sehr ich mich zügele. Hin und wieder würde ich nichts lieber tun, als der Natur wieder ihren Lauf und das Tier aus mir herauszulassen, und mich der wortlosen Zärtlichkeit des Sex um des Sex willen hinzugeben.

Lieber Adam,

die Sexualität ist ohne Moral, und das ist der Grund, weshalb die Menschen sich eine auferlegen. Ohne Regeln gäbe es weder Paare noch Familien noch eine Gesellschaft, alles würde im Chaos versinken; dank der Verbote haben wir den Dschungel hinter uns gelassen, um in die Städte zu ziehen. Du solltest Dich nicht grämen, weil Du mit Bedacht handelst, Adam, denn das zeugt davon, dass Du den Zustand des Primaten überwunden hast.

Du willst mir für diese schöne Einsicht danken? Nicht nötig.

Aber Achtung! Auch wenn Du das primitive Dasein hinter Dir gelassen hast, kannst Du Dich immer noch als pervers erweisen, ein Risiko, dem oft Geister ausgesetzt sind, die ein hohes Niveau an Kultiviertheit erreicht haben. Hinter den Hemmungen, die Dein Gewissen Dir auferlegt, verzehrst Du Dich weiterhin vor Lüsternheit, zumal Lily Dich ja von Anfang an in ihren Bann gezogen hat und Du auch gleich an sie gedacht hast, um mir zu beweisen, dass Du den neuen Liebestrank besitzt.

Glaubst Du nicht, dass es besser wäre, sie einem Deiner Kollegen anzuvertrauen? Frédéric Roux zum Beispiel, ein Freund, dem Du von Deinen Bedenken und unserem dummen Wettstreit erzählen könntest – dafür hast Du meine Erlaubnis. Wenigstens wäre Lily dann in Sicherheit.

Ich umarme Dich.

Louise

PS Schnee fällt auf Montreal herab, frischer und leuchtender als der Frühling, und verleiht der Stadt ein frisches und jungfräuliches Aussehen.

PPS Ich habe einen Mann kennengelernt, der mir gefällt, Brice. Er ist frei, elegant, wortgewandt – er arbeitet nicht umsonst bei einem Verlag –, seit zwei Jahren geschieden und auf der Suche nach einer festen, dauerhaften, ernsthaften Beziehung. Etwas ganz anderes als die halb verhungerten Studenten, die mich auf meinen unterirdischen Fahrten ansprechen, weil der Kontrast zwischen meiner intellektuellen Lektüre und meinen spitzen Pariser Absätzen ihre Neugier weckt. Im Moment lasse ich Brice noch zappeln, um auszutesten, wie groß sein Begehren wirklich ist, aber ich fürchte, nicht lange eine uneinnehmbare Festung zu bleiben. Ich spüre, dass Liebe sich anbahnt.

Liebe Louise,

Frauen lieben die Liebe, Männer machen Liebe.

Was Du über Brice geschrieben hast, macht mich stutzig.

Als ich den Abschnitt noch einmal las, konnte ich ermessen, was uns, Männer und Frauen, voneinander trennt, und was unsere Beziehungen so kompliziert macht. Du berichtest mir zum ersten Mal von Deiner in die Jahre gekommenen Eroberung und verkündest mit Pauken und Trompeten das Entstehen einer gefühlsmäßigen Verbindung. Ich glaube, ich träume! Und Du legst eine gewisse Bedenkzeit fest, um Dir sicher zu sein, dass Ihr einander etwas bedeutet – im Klartext: Ich gehe nur mit jemandem ins Bett, den ich liebe und der mich zurückliebt.

Was für eine Verlogenheit!

Und wenn das zwischen Euch nur Begehren ist? Seines und Deines? Was hat dann die Liebe darin zu suchen?

Adam

PS Es ist allzu offensichtlich, dass er Dir etwas vormacht, indem er vorgibt, nach einer »festen, dauerhaften, ernsten Verbindung« zu suchen. Dieses Klischee muss er in irgendeinem Leserinnenbrief ausfindig gemacht haben.

Adam,

bist Du etwa eifersüchtig?

Dass Du Dich so aufregst, gefällt mir, lässt es doch durchblicken, wie viel Dir an mir liegt.

Apropos, wie läuft es mit Lily?

Louise

Louise,

ich verachte die Eifersucht, und es würde mich wütend machen, wenn ich sie empfände.

Adam

Adam,

man kann vielleicht seine Gedanken kontrollieren, nicht aber seine Gefühle.

Louise

Louise,

zwei Dinge haben mich an Deinen letzten Nachrichten sehr gestört:

1. Du interpretierst meine Warnung in Bezug auf Brice und Dich als einen indirekten Ausdruck meiner Eifersucht.

Das Gegenteil ist der Fall, ich fordere Dich dazu auf, mit ihm zu schlafen, ohne Dich mit dieser ganzen Heuchelei abzugeben. Das, worüber ich mich aufrege, ist die verlogene Rhetorik, mit der Ihr Eure Sätze überfrachtet, von wegen »tiefgehende, dauerhafte, ernsthafte Verbindung«, dieser Versuch, das Begehren, das nicht wagt, sich nackt zu zeigen, in schöne Worte zu kleiden.

Eifersucht ist kein Ausdruck von Liebe, sondern eine übersteigerte Form von Besitzanspruch. Ich für meinen Teil bin nie der Ansicht gewesen, Du würdest mir gehören, früher so wenig wie heute.

Man neigt viel zu leichtfertig dazu, ernstzunehmende pathologische Zustände Liebe zu nennen, so auch die Besessenheit, Körper und Geist der anderen Person zu annektieren und deren Freiheit zu zerstören.

2. Was Lily angeht, so werde ich Dir nichts Neues berichten. Da ich an die Schweigepflicht gebunden bin, steht es mir nicht zu; alles, was sie mir anvertraut, dringt, sobald

es mein Ohr erreicht, in einen geschützten Bereich ein, zu dem niemand Zugang hat.

Das Einzige, was ich Dir sagen kann, ist, dass ihre Persönlichkeit sich als weitaus komplexer erweist, als ihr Aussehen es vermuten lässt. In diesem prachtvollen Körper, der aus seinen perfekten Formen keinen Hehl macht, versteckt sich ein kleines, zerbrechliches Mädchen, das unsicher ist, ob es auch Anerkennung findet. Sie ist der Feind ihres Selbst und jeden Moment kurz davor, sich auf die Müllhalde zu werfen. Nichts findet Gnade vor ihren Augen, weder ihre Kompetenz – mehrere Diplome, die sie an der Universität McGill erworben hat – noch ihre Sprachkenntnisse – sie spricht französisch, englisch, deutsch und spanisch – noch ihr Körperbau – sie wünscht sich, weniger üppig zu sein! – noch das strahlende Blau ihrer Augen – das sie nur an das gechlorte Wasser in einem Swimmingpool denken lässt.

Paris verunsichert sie, weil es sie zwingt, ihre bisherigen Maßstäbe infrage zu stellen. So zum Beispiel ihre modischen Leitbilder, die sich an amerikanischen Fernsehserien wie *Schatten der Leidenschaft* oder *Reich und Schön* orientieren, jenen endlosen Sagas, in denen Frauen mit unechten Brüsten sich um Männer mit implantiertem Haar streiten: Da sie glaubt, man müsste sich wie eine kalifornische Schlampe aufdonnern, fällt sie inmitten der Pariserinnen, die sich nicht so obszön und provozierend herauszuputzen pflegen, ziemlich aus dem Rahmen.

Ich bin mir sicher, dass die Kerle, mit denen sie Affären hatte, ebenfalls diesem hirnlosen Hollywood-Ideal entsprochen haben, wo jeder Mann, vom Chauffeur bis hin zum Finanzanalysten, mit der Sonnenbräune, den breiten Schultern und den Bauchmuskeln eines Surfers aufwarten kann.

Neulich hatte ich zwei Opernkarten geschenkt bekommen und habe Lily am Abend mit in *Tristan und Isolde* genommen.

Und wirst Du mir glauben? Obwohl es ein schwieriges Werk war, mit dem ich sie konfrontiert habe – die Musik dauerte vier Stunden, Wagner mit seinen himmlischen Längen, einem deutschen Libretto –, erlebte Lily so etwas wie eine Initiation. Je länger das Orchester aus dem Graben heraus uns mit seiner lieblichen, entsetzlichen ozeanischen Uferlosigkeit, seinem Schweigen, seinem Zögern und seinen gewaltsamen Ausbrüchen überwältigte, umso mehr bebte Lily, die sich dem Wogen der Musik ganz und gar überließ. Sie lauschte nicht nur mit den Ohren, sondern mit dem ganzen Körper, sie hatte eine Gänsehaut, ihre Hüften wiegten sich im Takt, ihr Herz schlug schneller. Sie saß leicht nach vorn gebeugt, mit feuchten Augen und bebte seit dem Vorspiel. Schon nach kurzer Zeit hatte ihr Atem sich dem der Isolde angepasst; auch sie atmete tiefer, hielt die Luft an, atmete synchron bis zum Unwohlsein, völlig gebannt vom kühnen, unaufhaltsamen Anschwellen des Gesangs, bis dieser schließlich zusammen mit den entfesselten Streichern in einer Art überschwänglichem Orgasmus verschmolz.

In dem wogenden Schwall,
In dem tönenden Schall,

In des Welt-Atems wehendem All,
Ertrinken,
Versinken,
Unbewusst,
Höchste Lust!

Lily ließ sich von der wollüstigen Qual dieser Musik ganz und gar ergreifen und erlebte durch sie eine magische Befreiung, weil die Musik sie dazu brachte, sich inmitten der Töne zu vergessen, völlig aufzugehen in der Harmonie der Welt, in der das Röcheln des Todes und der Hauch des Lebens ganz nah beieinander liegen. Es war wunderbar …

Als der Vorhang vor den sich umschlungen haltenden Liebenden herabfiel, dauerte es eine Weile, bis Lily anfing zu klatschen, so als müsse sie erst die Verbindung zu ihrem Körper wiederfinden.

Beim Rausgehen war sie so erschöpft von diesem Erlebnis, dass sie sich an meinen Arm hängte, noch ganz mitgenommen und erfüllt von Dankbarkeit dem gegenüber, der sie zu einer esoterischen Zeremonie eingeladen hatte, von der sie sich durch ihre Herkunft und fehlende Einweisung ausgeschlossen geglaubt hatte.

»Ich wusste nicht, dass so etwas möglich ist«, war ihr einziger, geflüsterter Kommentar.

So kann ich nun mit Stolz sagen, dass ich sie zu Wagner bekehrt habe. Demnach ist die Zauberkraft des ehrwürdigen Großmeisters also nicht im Formaldehyd der offiziellen Kultur ertränkt worden, sondern vermag auch heute noch auf einen jungen Menschen aus Chicoutimi zu wirken.

Und Du? Profitiert Ihr, Brice und Du, von der in Montreal herrschenden musikalischen Energie?

Dein Adam

Brice und ich? Es läuft gut. Aus unserer Bekanntschaft ist ein Flirt geworden.

Louise

Ein Flirt ist keine Liebe, sondern der Wunsch nach Liebe. Du verlierst Dich in abstrakten Allgemeinplätzen. Komm zurück auf die Erde, Louise.

Adam

Da Du Dir herausnimmst, mich zu kritisieren und mir von oben herab Ratschläge zu erteilen, gestatte mir auch, mich über Deinen Abend mit Lily lustig zu machen.

Gehört es wirklich zur Rolle des Therapeuten, mit seiner Patientin auszugehen? Und sich dann mit ihr auch noch *Tristan und Isolde* anzusehen, die romantische Oper schlechthin?

Ich habe ganz den Eindruck, mein lieber Adam, dass der Zaubertrank nicht nur auf der Bühne seine Wirkung entfaltet hat, sondern auch in den Publikumsrängen: Dein Stammhirn möchte seine Wette gewinnen und Lily um den Finger wickeln!

Louise

Ich erlaube Dir nicht, mir Lektionen in psychoanalytischer Orthodoxie zu erteilen!

Ganz gleich, was ich vor ein paar Wochen habe verlauten lassen, jetzt bin ich wieder bei Verstand, und ich sage Dir noch einmal, dass allein schon die Vorstellung, Profit aus meiner beruflich bedingten Position zu ziehen, um Lily für mich zu gewinnen, mich anwidert.

Adam

Ekel ist auch eine Form von Besessenheit: Lieber denkt man mit Unbehagen an eine Sache, als überhaupt nicht daran zu denken.

Louise

Da jede Rechtfertigung einem Eingeständnis gleichkäme, dass ich möglicherweise im Unrecht sein könnte, ziehe ich es vor, zu schweigen.

Ich weise Dich aber darauf hin, dass unser Briefwechsel für mich keinen Sinn mehr macht, wenn Du ihn regelmäßig mit Bemerkungen spickst, die darauf abzielen, mich zu kränken.

Ich hoffe, ich habe mich klar ausgedrückt.

Adam

Adam,

bitte verzeih mir, dass ich Dich gekränkt habe, das war nicht meine Absicht. Ich habe Deine Nachrichten noch einmal gelesen, verstehe Deine Argumente nun und habe meine Meinung geändert.

Mea maxima culpa. Tut mir aufrichtig leid.

So oder so blühe ich neuerdings in Brices Gesellschaft so sehr auf, dass ich Dir selbst dann ein extremes Wohlwollen entgegenbrächte, wenn ich Dein Verhalten missbilligen würde.

Ich habe neulich nur deshalb so heftig reagiert, weil Du mir vorgeworfen hast, ich würde mein Begehren für Brice unterdrücken, und Du hattest recht: Seitdem wir eine Nacht miteinander verbracht haben, nähern wir uns einer perfekten Idylle.

Daher möchte ich folgendes anmerken: Hegst Du nicht insgeheim mehr als eine kleine Schwäche für Lily?

Warum nicht dazu stehen? Wem wäre damit geschadet?

Ich persönlich jedenfalls würde keinen Anstoß daran nehmen, wenn Ihr Euch zueinander hingezogen fühlt.

Ich bitte Dich, mir meinen kühnen Vorstoß nicht übelzunehmen. Könnten wir uns wirklich Freunde nennen, wenn ich Dich nicht beiseitenehmen könnte, um Dir die Wahrheit zuzuflüstern?

Deine Louise

Liebe Louise,

Dein Brief hat mir unglaublich gutgetan! Wer weiß, ob ich ohne ihn gewusst hätte, wie ich mit dem, was mir soeben widerfahren ist, umgehen soll?

Gestern, am Donnerstag, ist Lily während unserer Sitzung mitten in einer Erinnerung plötzlich verstummt. Sie wandte sich zu mir, stellte sich vor mich hin, sah mich an, wurde rot und rief:

»Ich liebe Sie.«

Ich bin ebenfalls aufgestanden und habe gerufen:

»Ich Sie auch.«

Lily ist in Tränen ausgebrochen, und wir fielen einander in die Arme. Am selben Abend waren wir bereits ein Liebespaar.

Seitdem verbringen wir jede Minute miteinander.

Danke, meine Louise, für Deine rüde Freundschaft, die mir die Augen geöffnet hat.

Was für ein Triumph! Ich bin vollkommen aufgewühlt … Ich hatte vergessen, wie sehr eine köstliche, berauschende, verrückte Leidenschaft die ganze Welt zu verzaubern vermag. Gegen dreiundzwanzig Uhr haben wir erschöpft, aber entspannt das Bett verlassen und sind in die Brasserie *Le Grand Colbert* gegangen, wo wir in dem Saal mit den runden Lampen, den Tischtüchern aus schwerer Baumwolle und den mit dunklem Leder bezogenen Bänken Platz genommen haben. Die Schauspieler, die dort nach ihrer Vorstellung feierten, haben einen ziemlichen Lärm veranstaltet, geübte Kellner, die dem vergangenen Jahrhundert entsprungen zu sein scheinen, eilten mit Austern, Garnelen und Krebsen umher, die frisch auf unseren Tellern landeten, als würde die Küche direkt auf eine Küste hinausgehen, an der gerade Ebbe herrschte. Anschließend habe ich den Taxifahrer um ein paar Umwege gebeten, so dass wir durch mehrere belebte, hell erleuchtete Straßen fuhren, in denen in aufreizender Unbekümmertheit noch gefeiert wurde und wo keiner an Arbeit oder Ausruhen dachte. Lily hat sich an meine Schulter gelehnt und vor lauter Wohlbefinden geschnurrt, überzeugt, dass ich ihr nicht nur meine Umarmungen anbot, sondern ihr auch eine Stadt, ein Land, einen märchenhaften Kontinent zu Füßen legte.

Als ich heute Morgen nach unten gegangen bin, um unser Frühstück zu holen, kam es mir so vor, als würde meine Straße zum ersten Mal den Morgen begrüßen, als hätte der Himmel zum ersten Mal diesen quecksilbrigen Glanz, als würden die hohen, cremefarbenen Fassaden mich zum ersten Mal anlächeln, die Bäckerin mich verschmitzt begrüßen, das Croissant diesen Duft nach goldener Butter verströmen, der Kaffee mir seine bittere und stärkende Kraft einflößen. Paris hat sich innerhalb von wenigen Stunden verändert und ist zu einer aufregenden, verführerischen, schamlosen Stadt geworden, mit Hauseingängen, die dazu einladen, sich zu umarmen, Bänken, auf denen man sich küssen kann, Ufermauern, an denen entlang wir unsere Träumereien spazieren führen können. Adieu, Lärm, Verkehr, Stress, Mühe, Überbevölkerung: Lily und ich wandeln durch eine wunderbare, schweigende Kulisse, die genauso romantisch ist wie wir.

Heute habe ich meine Patienten glauben lassen, ich würde mich nicht wohlfühlen, und morgen flitzen wir mit dem Auto nach Trouville – ich will Lily zeigen, dass Paris einen Strand besitzt, der Normandie heißt.

Ich bin mir sicher, dass die Liebe erfunden wurde, um dem Leben Poesie einzuhauchen.

In treuer Zuneigung,

Dein Adam

Lieber Adam,

offenbar hat das Schicksal es so gewollt, dass wir beide zur gleichen Zeit das Glück wiederfinden, Du mit Lily, ich mit Brice. Dass diese neugebildeten Paare unsere frühere Leidenschaft nicht verblassen lassen, sondern sich unter dem wohlwollenden Blick unserer Freundschaft weiterentwickeln, ist ein weiteres Geschenk.

Ich hätte niemals geglaubt, dass unsere gemeinsame Geschichte in einen so fröhlichen Ausklang münden könnte.

Erlaube mir, Dir einfach nur die folgenden, schlichten Worte zuzurufen: Sei glücklich.

Deine Louise

PS Ich habe Brice von Deiner Beziehung mit Lily erzählt, und auch er wünscht Euch beiden nur das Beste.

Liebe Louise,

ich hatte vergessen, wozu die Nacht da ist.

Nach unserer Rückkehr aus Trouville, wo wir so viele Stunden damit verbracht haben, miteinander herumzualbern, und unser Zimmer nur verließen, um uns Meeresfrüchte einzuverleiben oder vom Meereswind durchpusten zu lassen, sind wir nun zurück in Paris und arbeiten wieder.

Ich schlafe wenig. Ich brauche auch keinen Schlaf, sondern Lily. Sie an mich zu drücken, zu streicheln, mit ihr zu schlafen und mich anschließend mit ihr zu unterhalten, das ist es, was mir Erholung bringt. Der Rest ist mir gleichgültig.

Nacht für Nacht kommt es uns so vor, als wären wir wie zwei Robinson Crusoes, die gemeinsam auf einer einsamen Insel leben; während wir einander in den Armen halten, wissen wir, dass eines Tages ein Schiff den Horizont entlanggleiten und uns anbieten wird, uns zurück in die normale Welt zu bringen. Hoffentlich geschieht das so spät wie möglich!

Und Du? Erzähle mir doch von Brice.

Adam

PS Lily benutzt das gleiche Parfum wie Du, das äußerst seltene *Cuir de Russie*. Unglaublich, oder?

Lieber Adam,

Du beschreibst uns besser, als ich es könnte.

Auch ich erlebe gerade eine köstliche Zeit. Ich gebe mich mit Brice dem Glück der Anfänge hin, wenn man nach und nach alles am Partner zum ersten Mal entdeckt, seinen Körper, seinen Geruch, seine Zärtlichkeiten, seine Ausdrucksweise, sein Gesicht nach dem Aufwachen, seine Vorlieben und Sorgen, seine Unbeholfenheit, seine Erinnerungen, seinen Humor. Es ist ein vielversprechendes Buch, das ich aufschlage. Jedes Detail wirkt neuartig, selbst die schlichtesten Angewohnheiten.

Ich verbringe angenehme Augenblicke in seiner Gesellschaft. Dennoch kann ich nicht umhin, sie mit denen zu vergleichen, die wir beide, Du und ich, miteinander erlebt haben, und dagegen nimmt sich dieser Roman ein wenig blass aus.

Unsere Geschichte ist für mich nach wie vor die bedeutsamere.

Die Schönheit der ersten Liebe rührt daher, dass sie noch nicht von ihrem Ende heimgesucht wird, so dass man noch an die Ewigkeit der Gegenwart glaubt, noch nichts vom Nachlassen der Gefühle weiß. Jede spätere Liebe wird vom Kadaver der ersten Liebe verdorben.

Dennoch …

Die Vergleiche, die ich gegen meinen Willen in Gedanken anstelle, fallen nicht zu Brices Gunsten aus, der mir insgesamt weniger faszinierend erscheint als Du … oder aber es liegt an mir, die sich nur widerwillig einlässt. Unsere Beziehung vermittelt vor allem nach außen hin den Anschein eines gelungenen Abenteuers, dessen wahren Gehalt sie jedoch vermissen lässt. Irgendetwas – was nur? – bleibt fad, farblos.

Lieber Adam, der Grund, aus dem ich es überhaupt wage, Dir von diesem Vorbehalt zu berichten, ist der, dass mittlerweile unsere beiden neuen Leben uns gegenseitig Schutz gewähren. Ich höre trotzdem nicht auf zu fragen: Warum war unsere Beziehung nicht von Dauer?

Deine Louise

Meine liebe Louise,

der Grund, weshalb unsere Verbindung nicht andauern konnte, liegt in ihrer Dauer. Die Zeit ist nicht die Verbündete der Liebe, sie begünstigt stets die Freundschaft.

Wenn man Menschen begegnet, die schon lange miteinander verheiratet sind und deren Körper weniger nach Ekstase verlangen, so nimmt man an, es sei die Gewöhnung, die die Lust versiegen lasse, ich aber fürchte, dass ein anderes, nicht minder gravierendes Austrocknen stattgefunden hat: Die Zuneigung verscheucht die Leidenschaft. Während die Bindung stärker wird, drückt sie sich immer weniger über die Haut aus. Was für ein hinterhältiger Verrat! Während die Anziehung die Liebenden dazu drängt, einander zu streicheln, zu umarmen, sich zu vereinigen, lässt die füreinander empfundene Zuneigung die Berührung nach und nach in den Hintergrund treten. Die Liebe, die zuerst mit dem Körper begann, drängt ihn nun zurück.

Wir verhalten uns widersprüchlich, meine liebe Louise, weil wir von zwei auseinanderstrebenden Kräften angetrieben werden.

Während die Liebe in der Vertrautheit mit dem Anderen schwelgt, huldigt das Begehren dem Unbekannten. Während die Liebe bis zum letzten Atemzug loyal bleibt, sind Finger, Handflächen, Mund, Penis und Unterleib Abenteurer, immer auf der Lauer, allzeit bereit, zu neuen Zielen aufzubrechen, angezogen vom Andersartigen, Einzigartigen. Im Gegensatz zum Gefühl, das nach Beständigkeit strebt, steht den immer wieder neu erwachenden Trieben der Sinn nach Veränderung. Wer würde schon freiwillig an jedem Tag seines Lebens das Gleiche essen?

Meine Leidenschaft für Lily wird, ebenso wie die, die ich für Dich empfunden habe, eines Tages wieder verschwinden. Ich freue mich nicht darüber, aber ich erahne es bereits. Mehr noch: Ich weiß es. Mein einziger Wunsch ist, dass es spät und zeitgleich eintreten möge. Das wäre dann, was man eine glückliche Affäre nennen könnte: Eine Beziehung, die sich erledigt, weil sie für beide Seiten zeitgleich vorbei ist.

Es gibt in der Liebe nur ein grausames Drama, und zwar, wenn einer der Partner dem anderen zuvorkommt, sei es in seinem Begehren oder im Abflauen seines Begehrens.

Dein Freund Adam

PS Mein Selbstmordkandidat wird heiraten!

Lieber Adam,

eine Frage brennt mir auf der Zunge: Triffst Du Dich derzeit mit mehreren Frauen oder nur mit Lily?

Louise

Nur mit Lily.

Adam

Oh, was für eine Wandlung, wenn man an die vergangenen Monate denkt!

Louise

Vorher habe ich Frauen in einem Tempo verschlissen, das mehr mit Verbissenheit als mit Lust zu tun hatte. Vermutlich wollte ich Dich vergessen, meine liebe Louise; oder vielleicht nicht Dich, aber unser Scheitern. So passte es mir gut in den Kram, mich für einen Mann mit einer äußerst ausgeprägten Libido zu halten.

Nicht immer ist es die Tugend, nach der man am meisten strebt.

Adam

Lieber Adam,

Brice und ich haben einen Ausflug in sein Ferienhaus in den Laurentinischen Bergen, nahe des Mont Tremblant, gemacht.

Was für ein exotischer Ort! Stelle Dir eine stundenlange Anfahrt vor, riesige Tannen, unermüdlich ansteigende Hänge, zwischen Mauern aus Eis eingeklemmte Straßen, einen Himmel von so satter, leuchtend blauer Farbe, dass man nicht hineinblicken kann, ohne automatisch die Augen zu schließen, und dann die Freude, wenn man schließlich hier und dort eine braune Berghütte entdeckt, so hübsch und adrett, dass man versucht ist anzunehmen, es würde sich nur um Modelle handeln. Während der Fahrt kam es mir so vor, als würden Brice und ich in die Kindheit zurückkehren, wie Hänsel und Gretel, die immer tiefer in eine Märchenwelt eindringen, der üppige Wald, vor dem jeder Mensch winzig erscheint, scheinbar endlose Flächen, auf denen sich der Schnee – mal als Pulverschnee, mal als Eis, mal als joghurtartige Masse – seinen unzähligen Verwandlungen hingibt. Seit wir in der Blockhütte Zuflucht gefunden haben, kann ich die Bedeutung eines Zuhauses wieder ermessen, einen Genuss, den ich vergessen hatte, nachdem ich so lange im milden Klima gelebt habe. Ich entdecke die Grenze zwischen Innen und Außen für mich neu, bin dankbar für die massiven Wände, freue mich über die Geborgenheit, welche all die Decken und Tücher verströmen – Plaids aus Kaschmir, Schultertücher aus Angora, dick gefütterte Decken –, und habe es eilig, in die Nähe des Feuers zu gelangen, wie ein kleines Mädchen, das die schützende Nähe des Vaters sucht.

Wenn Du uns, Brice und mich, gestern Abend gesehen hättest, hättest Du Dich mit Recht über uns lustig machen können: Da saßen zwei nackte Menschen, Herr und Frau Cro-Magnon, in Pelze eingewickelt vor dem Fernseher und kommentierten ein Hockeymatch. Wer hätte gedacht, dass ich mich für eine runde Scheibe begeistern kann, die ein paar Muskelprotze mit Schlägern in der Hand sich streitig machen? Unergründliche Wege und Umwege des Glücks … ich gebe zu, wir waren lächerlich, aber glücklich.

Und Du? Seid ihr wieder in die Normandie gefahren, oder seid ihr diesmal in Paris geblieben?

Ich freue mich, dass Du mit Lily schöne Momente verbringst; doch es gibt da eine Frage, die mich nicht loslässt: Störst Du Dich nicht daran, dass ihre Verliebtheit gewissermaßen künstlich herbeigeführt wurde?

Erinnere Dich, wie Du mir stolz verkündet hast, Du seist in der Lage, Liebe willentlich entstehen zu lassen; und als ich darauf mit Zweifeln reagiert habe, hast Du beschlossen, es mir mit Lily zu beweisen.

Heute kannst Du sagen, dass es Dir gelungen ist. Bravo. Aber hast Du vergessen, auf welchem Weg Du dorthin gelangt bist? Ist der Liebestrank aus Deinem Gedächtnis verschwunden?

Ich an Deiner Stelle könnte mich gewisser Befürchtungen sicherlich nicht erwehren. Welchen Anteil hat die Methode an ihrer Zuneigung? Und welcher Teil davon gilt nur Dir allein?

Lilys Verliebtheit ist eher mechanisch entstanden als einer natürlichen Wurzel entsprungen. Wenn die erotische Übertragung, wie es die Psychotherapeuten behaupten, in jeder Behandlung stattfindet, hat Lily begonnen, für Dich zu schwärmen, weil Du ihr Therapeut bist, und nicht, weil Du Du bist; das bedeutet, dass sie sich demnach ebenso gut in einen anderen Analytiker verlieben könnte. Also bringt Lily Dir in gewisser Weise eine unpersönliche Liebe entgegen.

Wahrscheinlich verrenne ich mich da in etwas … Da ich davon ausgehe, dass Du bereits eine wohlüberlegte Antwort parat hast, kläre mich auf.

In Freundschaft,

Deine Louise

Meine liebe Louise, Du vergisst, dass es einen Unterschied gibt zwischen der Entstehung der Liebe und ihrer sich daran anschließenden Entwicklung.

Ja, ich habe einen Kunstkniff angewendet, um Lilys Leidenschaft herbeizuführen, aber nun, da diese Leidenschaft einmal existiert, nimmt sie Formen an, wird konkret, real und einzigartig, und sie nimmt meine Person und das, was wir gemeinsam erleben und aufbauen, in sich auf, um zu wachsen. Der Liebestrank diente als Zündholz, seitdem aber führen die Flammen ihr Eigenleben, und das Feuer gehört uns.

Um es besser zu verstehen, denke einmal an eine psychosomatische Krankheit: Die Psyche ruft sie zwar hervor, aber dann, ganz gleich, ob es sich nun um eine Erkältung, Verdauungsstörungen, Ekzeme oder Krebs handelt, entwickelt sie sich im Organismus ihrem eigenen Tempo gemäß und autonom weiter, und ist für die Vorstellungen, die sie ausgelöst haben, nicht länger erreichbar. Selbst wenn die betroffene Person die mentale Ursache ihrer Erkrankung überwindet, hört die Krankheit deswegen nicht auf. Sie mag es bereuen, kann den Verlauf damit aber nicht mehr beeinflussen.

Auch wenn Lilys Begeisterung von mir provoziert wurde, atmet und gedeiht sie robust und stark und umso persönlicher, als ich ihr gegenüber nicht länger als Arzt in Erscheinung trete, sondern nur noch als Turteltäuberich.

Dein Adam

O.k., verstanden: Du hast den Stein ins Rollen gebracht, nun rollt er ganz von alleine weiter.

Aber was würde geschehen, wenn Lily erfahren würde, was Du getan hast?

Louise

Wer außer Dir weiß davon?

Adam

PS Es spielt keine Rolle … Sollte Lily dieses listige Manöver entdecken, würde es sie nicht weiter stören. Zu spät. Besser noch: Ich würde mir diese Indiskretion zunutze machen, um an Aufrichtigkeit noch eins draufzusetzen und ihr zu eröffnen, dass ich sie von Anfang an begehrt habe und dass ich sie einzig und allein in den Kreis meiner Patienten aufgenommen habe, um sie zu lieben.

Adam,

Deine Formulierungen kommen mir seltsam vor …

Während Du Lily manipulierst, lässt Du anklingen, dass das Schicksal auch bei Dir seine Hand im Spiel hatte. Als hätte irgendeine dunkle, zwingende Macht Dich dazu verleitet, Dich in sie zu verlieben …

Louise

PS Ist es unsere freie Entscheidung, zu lieben?

Wir können die Liebe unterdrücken und uns dagegen wehren, dass sie uns in ihre reißenden Fluten hineinzieht.

Ich fürchte aber, dass unsere Freiheit nur im negativen Sinn besteht, ein verkrampftes Veto, die erschreckte Zurückweisung dessen, was uns überfordert. Unsere einzige Macht: Nicht zu der Verabredung erscheinen, die das Glück mit uns getroffen hat.

Adam

Lieber Adam,

folglich stellt sich die Frage so: Ist es unsere Entscheidung, wen wir lieben?

Haben wir die Wahl?

Werden wir erwählt?

Als ich Dir begegnet bin, Adam, war es Liebe auf den ersten Blick. Damals haben meine Sinne und mein Verstand gerufen: »Der ist es!«

In den letzten Monaten war ich der Meinung, dass es mit der Urteilskraft meiner Sinne und meines Verstandes nicht weit her gewesen sein kann, da wir uns ja nach fünf Jahren wieder getrennt haben.

Heute wiederum frage ich mich, ob sie sich wirklich so sehr geirrt haben … Mit unserem Wunsch nach Ewigkeit verderben wir die Liebe. Besser wäre es, sie auszuschöpfen, solange sie währt, denn das ist bereits ein ausreichend großes Geschenk.

Das Glück bevorzugt das Flüchtige, den Schuh des für immer und ewig zieht es sich nicht an.

Hat uns jemals irgendwer eine Garantie auf das Gegenteil gegeben?

»Für immer« ist in einem menschlichen Leben stets nur ein vorübergehender Zustand.

Deine Louise

PS Es ist schon ein seltsamer Briefwechsel, den wir hier führen: Wir schreiben zwar über die Liebe, Liebesbriefe sind es dennoch nicht.

Liebe Louise,

was für ein Zufall! Du erwähnst die »Liebe auf den ersten Blick«. Dies ist eines der Erlebnisse, die mich schon seit langem beschäftigen, und die ich immer wieder versuche zu begreifen, ob es nun meine Patienten betrifft oder mich selbst.

Wir Franzosen sprechen ja vom *coup de foudre*, man wird also vom Blitz getroffen. Was geschieht dabei?

Ist es etwas, das von außen über uns hereinbricht, oder handelt es sich um irgendeine umwälzende Reaktion tief in unserem Innern?

Entweder kommt der Blitz aus der Welt, oder er kommt aus uns selbst heraus, aus jener schwer zu bestimmenden, intimen Zone, in der das Begehren angesiedelt ist.

Am liebsten würde ich antworten, dass es ein zweifacher Beginn ist, zum einen das Feuer, das aus dem fremden Körper dringt, der begehrt wird, zum anderen das Feuer, das aus dem Körper dringt, der begehrt.

Als ich Dich getroffen habe, trug ich ein aufrichtiges Bedürfnis nach Liebe in mir. Durch Deine große Anziehungskraft hast Du diese Liebe geweckt und offengelegt. Vermutlich bin ich Dir im richtigen Moment begegnet …

Ich nehme an, dass ich nach unserer Trennung das gleiche Bedürfnis wieder verspürt habe, diesmal als Schmerz. Dann ist Lily aufgetaucht …

Gelegenheit macht Liebe. Und Liebe macht Gelegenheit.

Dein Adam

PS Mein Patient, der Selbstmordkandidat, will mich zu seiner Hochzeit einladen, und Lily, neugierig, an einer französischen Hochzeit teilzunehmen, drängt mich dazu, anzunehmen, aber ich bemühe mich, ihren ethnologischen Eifer zu bremsen. Ich fürchte, dass meine Einwilligung meinen Patienten ermutigen könnte, mich anschließend zum Patenonkel seiner Kinder, zum Zeugen ihrer ersten Kommunion und was weiß ich sonst noch zu machen. Ich will mich nicht in irgendwas hineinziehen lassen …

Apropos hineinziehen lassen, hast Du jemals übers Heiraten nachgedacht?

Louise

Wer würde freiwillig ins Gefängnis gehen?

Ich bin kein Anhänger einer freiwilligen Knechtschaft. Was Hochzeitspaare einander vor dem Standesbeamten und ihren Familien versprechen, kommt mir utopisch, veraltet, falsch und schockierend vor. Niemand wird mich je dazu bringen, einen Treueschwur zu leisten, wenn ich nicht weiß, wie ich diesen Schwur erfüllen soll, denn es gehört nun einmal zur Natur des Mannes, sich mal auf dieser, mal auf jener Blume, die ihm gefällt, niederzulassen. Dafür ist mein Respekt vor meinem eigenen Ehrenwort zu groß, als dass ich es für solche naiven Dummheiten einsetzen würde.

Wenn ich jedoch daran denke, wie gut es meiner Kanadierin gestern auf der Hochzeit meines Patienten gefallen hat, und wie sehr sie jeden Moment der Festlichkeit genoss, dann denke ich, wenn es denn Lilys Wunsch wäre, so wäre ich wohl in der Lage, meine Prinzipien außer Acht zu lassen und ihr diese Freude zu gewähren.

Adam

PS Du siehst, meine Liebe, wie schlimm es mich erwischt hat!

Louise,

schnell, antworte mir!

Lily hat mir eröffnet, dass ihr Chef sie nach Australien versetzt. Ist das wahr?

Da Ihr beide für die gleiche Kanzlei arbeitet, müsstest Du es doch herausfinden können.

Oder macht sich Lily einen Spaß daraus, mich sanft zu quälen?

Bitte antworte mir so schnell es geht, denn ich fühle mich überhaupt nicht wohl.

Adam

Mein lieber Adam,

ich komme gerade von unserem Chef zurück: Er hat mir Lilys Versetzung in unsere Zweigniederlassung in Sydney bestätigt.

Louise

Ich bin am Boden.

Adam

Dann unternimm was!

Louise

Ich gebe Lily nicht frei.

Ich bleibe ihr Liebhaber, und ich sage ihr, dass ich sie liebe. Nun bleibt mir nichts anderes übrig, als das auszusprechen, was meine Zärtlichkeiten, meine Küsse, meine Blicke bislang ausgedrückt haben. Ich habe meine Rüstung des distanzierten, scherzenden, meist eher ironischen als mitteilsamen Mannes an der Garderobe abgegeben und führe mich beinahe wie ein braves, maßlos ergebenes Hündchen auf. Es fällt mir nicht leicht, aber ich habe beschlossen, den weiteren Weg nackt zu gehen, verwundbar, mit meinen Gefühlen.

Lily darf nicht fortgehen!

Als unsere Geschichte begann, ist sie sofort von null auf zweihundert Kilometer pro Stunde hochgeschnellt: Sie muss uns demnach nicht nur weit bringen, ich kann mir auch nicht vorstellen, wie man bei einer solchen Geschwindigkeit bremsen soll.

Adam

Mein lieber Adam,

verzeih mir, wenn ich Dir Kummer bereite. Im Namen unserer Freundschaft kann ich nicht für mich behalten, was ich soeben erfahren habe: Bevor Lily in Paris gelandet ist, wusste sie bereits, dass sie nach Sydney gehen würde. Ihr Aufenthalt in Frankreich war von der Kanzleileitung von vornherein als Sprungbrett für ihren Aufbruch nach Sydney gedacht gewesen.

Ich habe davon nichts gewusst. Hat sie es Dir gegenüber denn niemals erwähnt?

Louise

Was Du mir sagst und was ich in den letzten Tagen herausgefunden habe, verändert meinen Blick auf Lily.

Sie verhält sich wie ein Mann – ich meine, wie ein Mann aus unseren Breiten, ein Europäer! Sie hat auf ehrgeizige und hinterlistige Weise mit ihren Karriereplänen hinterm Berg gehalten. Wie ein unsensibler Klotz. Eine schweigende Festung.

Welche Ironie! Während sie bei mir auf der Couch lag, hat sie mir von ihrer Kindheit erzählt, ihren Affären, ihren Phantasien, ihren Enttäuschungen, ihren Trieben und mir so den Eindruck vermittelt, ihr Innerstes preiszugeben, sich aber gehütet, das Wesentliche zu enthüllen. Sie hat mich zwar in ihr Privatleben hineingelassen, mir dabei aber die einzige Sache, die ihr wirklich wichtig war, verheimlicht: Ihr berufliches Ziel. Auch, als wir ein Paar wurden, hat sie mich darüber im Dunkeln gelassen.

Wie hätte ich ahnen können, dass ihr der gesellschaftliche Erfolg, ihre Beförderung, die finanzielle Verbesserung wichtiger sind als alles andere? Diese Art von Frau gibt es hier bei uns nicht. Die Französinnen, deren ganzes Glück von ihrer Arbeit abhängt, tragen es entweder deutlich zur Schau, oder aber sie kompensieren damit ein unattraktives Äußeres. Kurz gesagt, man merkt es auf Anhieb. Wohingegen Lily mit ihrem hübschen Aussehen, ihrem alles andere als aggressiven Auftreten und ihrer Arglosigkeit verhindert hat, dass ich ihre wahren Absichten erkennen konnte.

Seit einer Woche flehe ich sie an, es sich anders zu überlegen! Paris ist nach wie vor eine dynamische Stadt, und sie könnte hier eine attraktive Position anstreben, umso mehr, als London und Berlin mit dem Zug oder dem Flugzeug nur einen Katzensprung entfernt sind. Du ahnst nicht, wie viele Argumente ich ihr dargelegt, wie viele Dokumente ich zusammengestellt, wie viele Anrufe ich getätigt und welche Fäden ich gezogen habe – ich habe ihr all meine Verbindungen und meine Intelligenz zu Füßen gelegt.

Aber ach. Je mehr ich sie bedränge, umso verächtlicher blickt sie mich an. »Du willst doch nicht im Ernst deine Beziehungen spielen lassen, um mir hier einen Posten zu verschaffen, oder?«, hat sie sich empört. Je lauter ich meine Leidenschaft für sie herausposaune, umso kühler wird sie, ihr Blick wird hart, ihr Körper entzieht sich. In meinem Flehen und meinen Tränen sieht sie allein die Wut eines Chauvinisten, der ihr seine Macht beweisen und sie ihrer Freiheit berauben will, und nicht die Zeichen meiner Aufopferung.

Ich habe sie nicht erweichen können. Schlimmer noch, ich habe lediglich erreicht, dass sie mich nun verachtet. Sie ist wieder in ihre kleine Wohnung zurückgezogen, und wir berühren einander auch nicht mehr; sie will nicht mit mir zu Mittag essen und verbittet sich, dass ich sie von ihrer Anwaltskanzlei abhole. Gestern hat sie mir sogar gedroht, mich anzuzeigen, weil sie meine fiebrigen Bemühungen als Belästigung empfindet.

Ich bin verzweifelt. Auch wenn diese Episode mich

zwingt, zu erkennen, dass sie anders ist als die Person, die ich in ihr gesehen hatte, höre ich nicht auf, sie umwerfend zu finden, und jede Stunde, die wir getrennt sind, zerreißt mich. Ich kann nicht mehr schlafen. Ich habe Mühe, mich auf meine Patienten zu konzentrieren. Alles zerrt an meinen Nerven. Ich leide.

Adam

Louise,

heute Morgen ist Lily abgereist.

Bis zum Schluss hat sie mit mir gespielt. Ich habe geglaubt, ihr Flug ginge erst am Sonntag, und hatte die Hoffnung, innerhalb dieser Woche noch ein Wunder vollbringen zu können; aber sie hat mir ein falsches Abreisedatum genannt.

Vielleicht wollte sie vermeiden, mir auf Wiedersehen zu sagen …

Wie kann man nur so unnachgiebig sein? Kann man sich derart verändern? Hat sie mich überhaupt jemals geliebt?

Ich fange sogar schon an, daran zu zweifeln, ob das, was wir erlebt haben, real war.

Aber nein, mein Schmerz zeigt mir deutlich, dass es Wirklichkeit war.

Ach, Louise, ich bin wie gelähmt …

Adam

Mein lieber Adam,

während ich mein Leben lebe, das dem Anschein nach normal weitergeht, denn ich habe Unmengen von Arbeit, und das nach außen hin glücklich wirkt, denn Brice und ich sind ständig zusammen, befindet sich ein Teil von mir in Paris, schlägt mit dem Kopf gegen die Wand, brüllt, weint, ist wütend. Es ist der Teil, der mit Dir verbunden ist, Adam, jener, der Dich niemals verlassen hat, die Zwillingsseele, die sich mit Deiner verwandt fühlt.

Ich leide mit Dir. Lily hat Dich brutal getroffen, indem sie ihre wahren Ziele vor Dir verheimlicht und sich davongestohlen hat, ohne den Kummer sehen zu wollen, den sie Dir damit zufügt.

Wie ist es dieser grausamen Kreatur bloß gelungen, einen so faszinierenden Mann in ihren Bann zu ziehen? Wenn man Dich kennenlernt, so merkt man gleich, dass sich hinter dem sarkastischen Angeber ein netter Kerl verbirgt. Deine Anstrengungen, mürrisch und zynisch zu erscheinen, erweisen sich als so linkisch, dass sie zu Nachsicht auffordern. Stachelig sind an Dir lediglich Deine Bemerkungen – des Öfteren – und dein Bart – hin und wieder –; in Wahrheit sind Deine Wangen glatt und weich und Dein Geist ist liebenswürdig.

Nach dem, was meine Kollegen mir erzählen, verhält Lily sich wie ein Raubtier. Sie benutzt Männer und lässt sie anschließend fallen. Sie tut stets nur das, was ihr gefällt, was ja an sich keine seltene oder überraschende Eigenschaft ist, nur eben dass ihr unschuldiges Aussehen, ihre perfekte Fassade, die sie ja schon fast ein wenig einfältig wirken lässt, darüber hinwegtäuscht.

Komm drüber hinweg, Adam. Benutze Deinen Verstand. Und vor allem, erinnere Dich: Es war ein Spiel! Du hast dieses Abenteuer mit Lily gewollt, es ist nichts, was Dir einfach nur widerfahren ist, wenn man die Tatsache berücksichtigt, dass Du Deinen »Liebestrank« dazu benutzt hast. Wenn Du derjenige warst, der beschlossen hat, dass diese Liebe geboren werden soll, dann musst Du jetzt ihren Tod beschließen. Es liegt in Deiner Macht.

Deine Freundin Louise

Liebe Louise,

wenn ich ihn zwischen meine Hände lege, wiegt mein Kopf mehr als ein ganzes Gebirge.

Ich kann nichts tun …

Die ich rief, die Geister, werd' ich nun nicht los. Ich habe geglaubt, Herr meiner Leidenschaft zu sein, dabei bin ich ihr Sklave geworden.

Der Stein rollt und setzt unbeirrt seinen Weg fort.

Wer hat diesen Stein geworfen? Wenn ich Lilys Zuneigung absichtlich hervorgerufen habe, wer hat dann meine herausgefordert?

Was soll's. Unwichtig. Und jetzt? Jetzt ist die Liebe da, die Verräterin. Ich werde sie nicht wieder los. So ist der, der glaubte, der Fänger zu sein, selbst ins Netz gegangen.

Von meinem Zimmer aus betrachte ich in dieser lichtlosen Stunde die grauen Mauern und lockeren Schieferziegel und die schmutzigen Tauben, die darüber laufen und von einem verwitterten Schornstein zur nächsten schiefen Antenne hüpfen. Paris widert mich an. Was für eine arrogante Stadt! Sie hält sich für schön, diese überhebliche Schlampe, die sich wie eine Prinzessin aufführt, dabei stinkt sie, verwest und verfällt. Und ich, der eitel daran festhält, ein »Pariser« bleiben zu wollen, als handele es sich um irgendein Adelsattribut, als würde eine derartige Ansammlung an Scheußlichkeiten mich über die normalen Sterblichen erheben. Nichts als ein Trugbild …

Meine Wohnung gefällt mir nicht mehr. Alles darin ist trist, zu geordnet, ohne Glanz, frei von Ecken und Kanten. Durch und durch einfallslos. Geräumig erscheint sie mir nur deshalb, weil sie so teuer ist. Ach ja, fünfundzwanzig Jahre Kreditabzahlung, das suggeriert einem schon eine gewisse Weitläufigkeit!

Ich bin wieder auf der Erde gelandet, und mir tut der Hintern weh: Paris ist hässlich und das Glück ein Ding der Unmöglichkeit.

Ich kann mir nicht länger etwas vormachen. Die Dinge treten mir wieder nackt vor Augen, ohne Geheimnis, ohne, dass ich dahinter eine Tiefe vermuten oder sie mit meinen Wünschen und Sehnsüchten bekleiden könnte. Die Phantasie allein hat mir meine Tage erträglich gemacht. Die Liebe ist ein Beweis dafür, dass wir die Wirklichkeit nur durch den Filter unserer Wunschvorstellungen wahrnehmen; schlimmer noch, sie beweist, dass die Wirklichkeit für sich genommen ziemlich unbedeutend ist.

Am Ende wird die Nüchternheit mich dazu treiben, dieses Fenster aufzustoßen und mich in die Leere zu stürzen.

Die Leere der Auslöschung wird immer noch besser sein, als diese fade, wattige Leere, in der ich mich um mich selber drehe und Trübsal blase.

Um es deutlich zu sagen, Louise, hält mich derzeit allein die Gewohnheit am Leben. Ich bin zwar nicht tot, aber ich spüre, wie ich meinem Schatten immer näherkomme. Zumal ich mich nicht in meine Arbeit flüchten kann, weil sie mich mit jedem Patienten ja nur wieder mit dem Unglück konfrontiert, dem grundlegenden Unglück, den Problemen, die mir selbst das Leben schwermachen … Da ich eher ein Kranker als ein Arzt bin und fürchte, ansteckend zu sein, habe ich meine Patienten gestern Frédéric Roux anvertraut. Wir haben geschlossen! Ende der Vorstellung! Menschen heilen … Aber wovon? Heute würde ich meinem Selbstmordkandidaten schon in der ersten Sitzung eine geladene Pistole in die Hand drücken – immerhin hat er ja geheiratet, was auch eine langsame Form der Selbstzerstörung ist.

An dem Punkt düsterer Hellsichtigkeit, an dem ich mich befinde, fällt es mir leicht, das Leben zu erklären, aber ich fühle mich unfähig, sein Fürsprecher zu sein.

Unser Dasein? Eine vorübergehende Verirrung.

Die Lösung? Der Tod.

Nur fehlt mir dazu der Mut … – ich bin eben noch feiger, als ich deprimiert bin! Ein Säugling ist, sobald er auf der Welt ankommt, alt genug, um zu leiden. Man sollte sich schon auf der Geburtsstation eine Kugel in den Kopf jagen. Das Unbehagen an der menschlichen Verfassung beruht nicht auf fehlender Einsicht, sondern auf einem Mangel an Mut.

Ich höre jetzt auf, über meinen Verdruss zu schwadronieren, mein Kummer verdient Dein Mitleid nicht. Es gibt Zustände, von denen zu erzählen ebenso demütigend ist, wie sie zu ertragen.

Es hat mir dennoch gutgetan, Dir zu schreiben, Deinen Namen zu Papier zu bringen, an Dich gerichtete Sätze zu formulieren. Ja, Louise, inmitten des Nebels, durch den ich mich schlagen muss, taucht hin und wieder ein schwaches, weit entferntes Licht auf, das mich beinahe davon überzeugen könnte, nicht zu verzweifeln: Du.

Schade, dass Du so weit weg bist. Und wie niederschmetternd, dass Du mit Brice glücklich bist. Ansonsten …

Adam

PS Vorsicht, mir ist nicht zu trauen … Vielleicht denke ich das nur, weil ich weiß, dass es nicht möglich ist. Ich sehe nicht mehr klar.

PPS Brice ist ein Mistkerl!

Lieber Adam,

es gibt zwischen uns kein Hindernis.
Der Ozean? Hier schafft das Flugzeug Abhilfe.
Brice? Den gibt es nicht.
Ich warte auf Dich.

Louise

Wie bitte?

Adam

Ich habe gelogen.

Seit meinem Umzug nach Montreal bin ich, trotz meiner Wut, meines angeschlagenen Selbstvertrauens und meines Wunsches zu gefallen, mit niemandem ausgegangen.

Eines Tages habe ich mich so über Dich und Dein Gerede, was Deine weiblichen Eroberungen angeht, geärgert, dass ich Brice erfunden habe.

Geständnisse dienen nur einem einzigen Zweck: das Leben der Person, die sie macht, zu vereinfachen. Mein fiktiver Verehrer hat mir dabei geholfen, mich zu schützen und Dir bei Deiner weiteren Entfaltung nicht im Weg zu stehen. Darüber hinaus ist es mir auch darum gegangen, Dich zu entthronen, Dich zu verdrängen, zu vergessen, wenn auch nur in meiner Vorstellung.

Es ist mir nicht gelungen. Ich warte auf Dich.

Louise

Liebe Lily,

Dein Brief hat mich überrascht und erröten lassen. Ich hatte überhaupt nicht damit gerechnet, sechs Monate nach Deiner Abreise nach Australien noch von Dir Post zu erhalten.

Ich finde es nett von Dir, mir zu schreiben, wie dankbar Du mir bist.

Ich muss jedoch einräumen, dass Du meinen Einfluss überschätzt, wenn Du glaubst, Du hättest Deine Versetzung nach Sydney mir zu verdanken. Zugegeben, ich musste kämpfen, um bei dem Chef der Kanzlei den Weg für Dich freizumachen, weil Dein Rivale, Joss Gardon, der Ansicht war, dass der Posten ihm zustünde; aber ich bin genauso wenig für die groben Fehler verantwortlich, die er sich im Primerose-Fall geleistet hat, wie für Deine herausragende, fehlerlose Arbeit, die Deine Verhandlungen stets ausgezeichnet haben. Ich bin mir ganz sicher, dass die Leitung nicht nur meinem Rat gefolgt ist, sondern der Vernunft gehorcht und die beste Kandidatin ausgewählt hat. Es berührt mich dennoch, dass Du die bescheidene Rolle wahrnimmst, die ich womöglich bei Deinem Aufstieg innerhalb unserer internationalen Kanzlei gespielt habe. Das ist sehr großzügig von Dir.

Du schreibst mir, dass es Dir in Sydney sehr gut gefällt. Darauf kann ich Dir erwidern, dass ich Montreal zauberhaft finde. Ich plane, mich hier dauerhaft niederzulassen. Nach Paris werde ich mich in Zukunft nur noch für einen kurzen Aufenthalt begeben. Verglichen mit den breiten Quebecer Boulevards, die sich dem Himmel und den Winden ungeschützt aussetzen, wird das alte Lutetia vermutlich einengend auf mich wirken; im Gegensatz zu den wohlwollenden, direkten Beziehungen, die unter den Leuten hier üblich sind, werden die in Saint-Germain-Les-Prés alltäglichen Tricksereien, wo Eitelkeit und Macht mehr wiegen als die eigentliche Aussage, meine sich gerade erst erholten Nerven strapazieren. Wenn ich an mein früheres Leben denke, kommt es mir so vor, als würde ich hier davon wie von einer Krankheit genesen.

Ach ja, ich will diesen Brief auch nutzen, um Dir für die ehrliche Unterredung zu danken, die Du damals während Deines Aufenthalts in Paris mit mir geführt hast, als Du mich gefragt hast, ob ich etwas dagegen hätte, wenn Du mit meinem Ex-Freund, Adam, ausgehen würdest. Obwohl unsere Geschichte zu Ende war und ich nicht das Gefühl hatte, irgendein Anrecht auf ihn zu haben, hat mir Deine Feinfühligkeit gefallen.

Ich habe nie erfahren, was nach meiner erteilten »Erlaubnis« geschehen ist. Weder von Dir noch von ihm. Nichts offenbar, denn Du bist weiter Deinen Weg gegangen, und er ist zu mir zurückgekehrt.

Ganz recht, Lily, vor vier Monaten ist Adam aus dem Flugzeug gestiegen und hat mir mitgeteilt, dass er mich unbedingt heiraten will. Stell Dir vor: Er hat seine Patienten zurückgelassen und beschlossen, von nun an in Montreal zu praktizieren. Ganz allein meinetwegen! »Deine Karriere ist wichtiger als meine«, hat er mir versichert, »und es macht mir auch nichts aus, wenn ich weniger verdiene als Du.« Ich hätte niemals geglaubt, dass meine Ohren das einmal vernehmen würden: Ein Franzose, der verkündet, der berufliche Erfolg seiner Partnerin sei wichtiger als der eigene.

Ich bin gerührt, umso mehr, als Adam irgendwie einen erschöpften Eindruck auf mich macht. Was mag er wohl erlebt haben? Oder aber, was hat er nicht erlebt? Ich weiß es nicht. Es ist offensichtlich, dass er eine schwere Phase durchgemacht hat – noch immer durchmacht; etwas von dem Schwung und der Fröhlichkeit, die ich an ihm kannte, ist ihm abhandengekommen.

Es ist mir egal … Einander wiederzufinden bedeutet nicht, glücklich zu sein, sondern aufzuhören, unglücklich zu sein; wie bei einer Kur geht es ein bisschen schleppend voran, stumm, beinahe lustlos, aber diese Verdrießlichkeit ist mir lieber als mein vorheriges Leiden.

Als ich zwanzig Jahre alt war, hat einmal eine Hellseherin zu mir gesagt: »Wenn Sie aufhören, das Glück zu suchen, werden Sie erhört.« Mir scheint, dass dieser Lebensabschnitt nun für mich beginnt. Aus Erfahrung weiß ich, dass das Leben nicht nur aus Schwung, Begeisterung und loderndem Feuer besteht, sondern auch aus Kompromissen, Vergessen und Nicht-locker-Lassen.

Als wir uns in Paris trennten, war das das Ende meiner Jugend.

Seitdem Adam mir nach Montreal gefolgt ist, hat mein reifes Leben begonnen.

Zwischen uns herrscht nicht mehr die Leidenschaft, die Wut, der Hass, die uns einst elektrisiert haben, sondern Vertrauen, Nachsicht, Milde breiten sich aus. Früher sind wir aufeinander losgegangen; heute nehmen wir einander an. Manchmal denke ich in einem Anflug von Pessimismus, dass ich für Adam der Hafen einer süßen Niederlage bin; die meiste Zeit jedoch atme ich unbeschwert in der Gewissheit, dass ich ihm lieb und teuer bin.

Du lächelst sicher, wenn Du das hier liest, Lily, denn Du und ich, wir bewegen uns an den Antipoden der Welt, sowohl in geographischer als auch in emotionaler Hinsicht. In Deinen Augen bedeutet Erfolg, zu erobern; in meinen bedeutet er, zu bewahren. Was für ein himmelweiter Unterschied!

Wer irrt sich? Wer hat recht?

Keine von uns beiden.

Der Liebe ist mit Logik nicht beizukommen, und mit Nachdenken, Beweisen oder der Wahrheit genauso wenig, sondern sie hat in erster Linie etwas mit der persönlichen Wahl zu tun.

Im siebzehnten Jahrhundert schlug der Philosoph Pascal, als er feststellte, dass die Existenz Gottes nicht zu beweisen ist, eine Wette vor. Umgeben von unzähligen Ungewissheiten argumentierte er, dass man mehr zu gewinnen habe, wenn man an Gott glaube und ihn respektiere, als wenn man nicht an ihn glaube.

Ich denke, dass es sich mit der Liebe genauso verhält. Lasst uns auf die Liebe wetten. Lasst uns dafür sorgen, dass sie existiert. Auf dass sie weiterhin meine Herausforderung bleiben möge. Die Liebe interessiert mich mehr als die Verführung, das Vergnügen, sogar mehr als das Glück.

Ich wünsche Dir, dass Dein neues Leben in Australien ein Erfolg wird, und sende Dir zusammen mit diesem Brief einen Flakon *Cuir de Russie*, jenes Parfum, das ich Dir kurz vor Deiner Abreise nach Paris geschenkt habe und das Du sofort zu Deinem gemacht hast. Gefällt es Dir immer noch?

Louise

PS Vor einem Jahr, als ich gerade in Montreal angekommen und aufgrund meiner Trennung noch sehr verzweifelt war, habe ich eines Nachts geträumt, es gäbe einen Trank, mit dem man den geliebten Menschen zu sich zurückholen könnte. So seltsam es auch erscheinen mag, habe ich mich offenbar nicht damit begnügt, ihn mir herbeizuwünschen, sondern habe ihn auch gefunden.

Eric-Emmanuel Schmitt
Die Liebenden vom Place d'Arezzo
Roman
Aus dem Französischen von Marlene Frucht
768 Seiten. Gebunden

Ein erotisches Kaleidoskop, in dem unsere tiefe Sehnsucht nach Liebe aufblitzt.

Ein anonymer Liebesbrief bringt Unruhe in das elegante Brüsseler Viertel rund um den Place d'Arezzo. Alle haben ihn erhalten: der hochrangige Politiker, die Witwe, der Erfolgsschriftsteller, die vornehme alte Jungfer mit ihrem Papagei, die gelangweilte Ehefrau, die Blumenhändlerin ... Ein jeder fühlt sich angesprochen auf seine Weise. Doch wer verbirgt sich hinter diesen anscheinend so unschuldigen Zeilen? Wenige Worte, die ebenso viele Fragen wie Erwartungen, ebenso viele Sehnsüchte wie Enttäuschungen und Katastrophen auslösen.

Eric-Emmanuel Schmitt erzählt von Begehren und Sehnsucht in den unterschiedlichsten Formen.

»Eine bemerkenswerte Phantasie über die Liebe, außergewöhnlich freizügig und romantisch.«
Femme Actuelle

Eric-Emmanuel Schmitt
Die zehn Kinder, die Frau Ming nie hatte
Aus dem Französischen von Marlene Frucht
112 Seiten. Gebunden

Mit seiner neuen Erzählung führt uns Eric-Emmanuel Schmitt nach China in die phantastische Welt der Frau Ming und in die des Konfuzius.

Frau Ming liebt es, von ihren zehn Kindern zu erzählen, die an verschiedenen Orten im unermesslich großen China leben. Phantasiert Frau Ming? Ist sie auf sanfte und liebenswerte Art verrückt? Oder hat sie vielleicht ganz einfach das Ein-Kind-Gesetz missachtet?

Ein geheimnisvolles Lebensmärchen, in dem aus Mangel Fülle wird. Eric-Emmanuel Schmitt hat die Weisheit des Konfuzius und eine alltägliche Geschichte aus dem heutigen China auf faszinierende Weise zusammengeführt.

»Frau Ming handelt wie eine Romanschreiberin.
Ihre Lügen setzen eine Wahrheit frei,
die jede Realität überschreitet.«
Lire

fi 1-073589 / 1

Eric-Emmanuel Schmitt
Die Frau im Spiegel
Roman
Aus dem Französischen von Marlene Frucht
Band 19556

»Drei Frauen, die in allen Facetten funkeln …«
Le Figaro littéraire

Eine Braut flieht vor ihrer Hochzeit, eine verheiratete Frau verrät in intimen Briefen ihr Geheimnis, eine junge Schauspielerin sucht hinter den vielen Masken und den Fallstricken des Glamours ihr wahres Selbst. Keine erkennt sich in der ihr zugewiesenen Rolle, jede sieht sich im Spiegel ihrer Sehnsucht als eine andere, und allen gemeinsam ist die Rebellion gegen ein Dasein aus zweiter Hand.

fi 19556 / 1

Eric-Emmanuel Schmitt

Die Träumerin von Ostende

Aus dem Französischen von Inés Koebel

Band 19118

Ein Mann reist nach Ostende. In der verschlafenen Stadt an der Nordsee möchte er eine abrupt beendete Liebesaffäre vergessen. Er bezieht Logis bei der geheimnisvollen Emma van A. Wer ist diese Frau, die ihm ihre phantastisch anmutende Lebensgeschichte erzählt, in der sich leidenschaftliche Liebe mit subtiler Erotik verbindet? Was ist erfunden, was Wahrheit?

In fünf mitreißenden Erzählungen, halb grausam, halb zärtlich, zieht Eric-Emmanuel Schmitt alle Register seiner Fabulierkunst und zeigt, es sind unsere Träume, die den Zauber des Lebens ausmachen.

»Magisch!«
InStyle

fi 19118 / 1